写小说最重要的十件事

STEERING THE CRAFT

[美] 厄休拉·勒古恩 著
杨轲 译
Ursula K. Le Guin

江西人民出版社

目录
CONTENTS

导　言 / 5

　　孤单的领航员和内讧的船员 / 8

　　目标 / 9

　　讲故事 / 9

　　运用练习的建议 / 11

第一章　你书写的声音：语言的音乐性 / 1

　　扩展阅读 / 8

第二章　了解语言游戏的规则：标点和语法 / 13

　　意见书：正确性和正当性 / 17

第三章　文字的有机作用：句子的长度和句法 / 24

　　错位 / 25

　　悬垂结构 / 25

　　连接词 / 26

　　扩展阅读 / 36

　　一个关于段落的意见书 / 40

第四章　如咒语般充满力量：语言和结构的重复 / 41

第五章　色彩与生机：形容词和副词 / 49

第六章　行动起来：动词的人称和时态 / 53

　　　　动词的人称 / 53

　　　　扩展阅读 / 55

　　　　动词的时态 / 56

　　　　关于"脚踏两只船" / 61

　　　　关于被动语态的意见书 / 63

第七章　讲故事的人：视角和口吻 / 68

　　　　主要的视角 / 69

　　　　扩展阅读 / 77

　　　　关于视角切换的思考 / 77

　　　　扩展阅读 / 92

第八章　不同的人称与口吻：切换视角 / 97

　　　　关于模仿的提示 / 103

第九章　暗示：在叙事中传递信息 / 105

　　复调 / 111

　　扩展阅读 / 122

第十章　跟随故事的律动：聚集与跳跃 / 131

　　关于故事的探讨 / 137

　　挥手告别码头 / 141

附录1　同侪小组工作坊 / 143

　　成员 / 144

　　习作 / 145

　　阅读习作 / 146

　　评论 / 147

　　接受评价 / 151

附录2　术语表 / 153

附录3　范例原文 / 161

出版后记 / 198

导　言

这本指南是写给说故事的人——叙事文作者的。

话说在前头，它不适合初学者。它的目标读者是志在写作，而且为之付出良多的人。

大约15年前或更早的时候，我的写作工作坊开始招收学生，他们是严肃、有天赋的写作者，但惧怕使用分号，常常把观点阐述和背景回顾相混淆。他们需要学习技巧、磨炼手艺，在扬帆横渡太平洋之前，掌握一些航海的技能。于是在1996年，我成立了一个工作室，叫"掌舵的技艺"，所教授的内容聚焦于写作的迷人之处，那些着实"性感"的地方——标点、句子的长度、文法……

5天的工作坊吸引了14个无畏的作者，他们敢于直面一切标点和驯服所有动词的时态。对我来说，他们的投入和反馈是无价的。依靠我的笔记和他们的回应，我把这个工作坊的内容变成了一本书，它包含一系列话题讨论和练习，供作者或小团体自我指导。套用一个隐喻（Metaphor）*，我把它们称作"孤单的领航员和内讧的船员"。

本书最早出版于 1998 年。获得了不错的评价，有差不多十年时间，一直在稳定地发行。再后来，不管写作还是出版都有了翻天覆地的变化，我开始考虑做一些改动。最终，我从头到尾重写了一遍。

它的目标群体依然是那些讲故事的作者，他们在叙事文的基础上，在那些直接或间接的语调里寻找思想、讨论和练习——标点、句法（Syntax）*、句子、动词、形容词、语态和观点，当然还有其他方面。每个章节都包含对主题的讨论以及几个优秀作家的相应实例，以此引导读者避开陷阱，为读者提供循序渐进的练习，写作的愉悦感和参与这场真实、盛大的词语游戏的满足感。

所有材料都经过了再三取舍，以使其更加明晰、准确，更适合 21 世纪的作者。书中的练习很大程度上得益于本书读者们的大量反馈，这些反馈反映了练习是否奏效，目标是否透彻，是否难以理解等等。如今，写作工作坊对很多作家来说愈发重要，于是我为它们开辟了更大的篇幅，提出了关于小组工作的建议，也引入了更多关于线上小组的内容。

　　如今，学校很少教授那种曾经一度是常识的基础知识，即与语法（Grammar）*有关的词汇——语言和写作的术语。主语、谓语、宾语、形容词和副词、过去式、过去完成式………对这些词，不少人感到一知半解甚至全然陌生。然而它们却是作者的工具。当你点评一个句子的优劣时，这些词语不可或缺。一个不了解它们的作家就像一个不能分辨锤子和改锥的木匠。（"嗨，伙计，我用那玩意儿有点儿尖的那头，能把这东西整进这块木头吧？"）在这个修订本里，我就不再赘述英语语法了，但我敦促我的作家读者们，重视语言提供的这些绝佳的工具，只有对它们了若指掌，才能驾轻就熟地使用它们。

　　过去20年里，出版界的变化翻天覆地，让人眼花缭乱。人们对写作本身有了许多不同的理解。我希望自己的书能够反映出在这个时代出版界的暴风骤雨中——纸书与电子书——航行的风险与机遇，在这当中如何接受叙事艺术北极星的指引信号：文字如何展开，故事如何运动。

　　这是一叶飓风中的小船。它没有航海图，但我们有一些基本的方法让它继续航行，使它免于倾覆，免于破碎，免于撞上冰山。

孤单的领航员和内讧的船员

互助工作坊和同侪作家小组是不错的发明。它们让作家置身于一个致力于创造同一种艺术的共同体之中,音乐家、画家和舞蹈家都曾有过这样的小组。好的同侪小组(Peer group)* 能形成一种氛围:相互激励,温和竞争,激发讨论,在批评中练习,在困难中相互扶持。如果你有意向也有能力加入一个小组,那就加入吧。如果你渴求这种与其他作家互相激发的工作方式,却苦于找不到或者参加不了本地的小组,那就试试拥有更多可能性的网络,加入一个线上小组,或者自己建立一个。通过这本书和网络,你可能会组建一个叫"虚拟的内讧船员"的小组。

但如果效果不佳,不要觉得被捉弄了,或者内心受挫。你可以加入不少由知名作家牵头的写作工作坊,或者参加众多同侪小组,你会前所未有地听到自己作为作家的声音,这比独自沉默地工作能发现更多东西。

然而,你终将独自写作。而且最终你是唯一能评判自己工作的人。有权评判一项工作完成与否的——这也是我矢志追求,一直坚守的——只有作家本人,而且是懂得阅读自己作品的作家本人。小组批评是自我批评的绝佳训练场。但目前为止,没有作家受过这种训练,也无法知晓自己需要什么。只有边学边做。

目标

这本书本质上是个练习册。练习题是提神剂：其目标是把散文写作的某些元素、技巧和叙事模式的意识提纯、强化。一旦我们敏锐而清晰地意识到这些技巧中的元素，就能够使用和实践它们，直到最后再也不用去有意地想它们了，因为那已经变成了技能。

技能让你知道如何去做一件事。写作的技能让你获得写作的自由。它也会告诉你你内心想写的是什么。技艺使艺术成为可能。

艺术得碰运气，靠天赋。这是争取不来的东西。但你能学习技巧，掌握它。你可以靠学习获得你的天赋。

我不准备把写作当作自我表达、治愈疗法或者一种精神历险来探讨。它可以是这些东西，但首先——和最终——它是一门艺术，一项手艺，一种创作。这才是乐趣所在。

去做好一件事意味着献身于它，寻找整体的和谐，从心所欲。学习做好一件事也许需要付出一生。但这值得。

讲故事

所有的练习都关系到叙事的基本要素：一个故事如何被讲述，什么推动它，什么阻碍它，这完完全全是从语言元素的层面上开始的。

需要探讨的主题有：

- 语言的音乐性；
- 标点、句法、陈述句和段落；
- 韵律与反复；
- 形容词和副词；
- 时态和人称；
- 表达与观点；
- 隐含的叙述：传达信息；
- 聚焦与控制。

说到练习，不管你写的是虚构还是非虚构，叙事就是叙事。在大多数中学和高校，写作课程的重点都放在议论文上——提供信息，给出解释。他们谈的是"表达观点"，而不是讲故事。有些技巧和标准适用于议论文，对叙事文写作却是无效甚至有害的；用惯了精巧而事不关己的官场套话，练多了科学和技术里有意不偏不倚的语言，讲故事的舌头就灵巧不起来了。回忆录和小说会面临各自的问题，凡是我了解的，我都会提到，但总体上，讲故事的人基本上都以同样的方式，用相同的工具箱工作。

这本书讲的是叙事，因此每一个练习都不是描绘静态的场景，而是尝试记录动作或行动，写下正在发生之事。它不一定非得是叮叮咣咣的"动作"；它可以是超市走道上的漫游,也可以是头脑中生发出的想法。需要的是运动——从某处出发,到达另一个地方。这就是叙事。它行走。它运动。故事就是发生改变。

运用练习的建议

下笔之前,回头想想练习中的写作指导。它们也许没有看上去那么简单。遵循它们,让练习发挥作用。

如果你独自面对这本书,我的建议是循序渐进地使用它,按顺序做练习。当你对自己的习作差不多感到满意时,把它搁到一边,放一段时间,暂时别再看它。我们不能相信自己对刚出炉作品的判断——这是作家们为数不多的共识。想看清作品的优点和不足,时间的间隔是必要的:至少一到两天。

接下来,用友善、期待又不乏苛刻的眼光重新阅读你的作品,在大脑中修订它。如果我给过关于某个练习的特别建议,请马上使用。自己大声朗读它,因为读和听能让笨拙与瑕疵在韵律中无所遁形,帮助你把对话变得自然而生动。总体来说,寻找那些冗长、丑陋、含糊、多余、说教和粗糙的地方,寻找破坏节奏的细节和无用的部分。当然,也找出有用的部分,赞赏它,看自己能不能把它表现得更好。

如果你是"内讧的船员们"中的一员,我提议你遵从附录"同侪小组工作坊"(The Peer Group Workshop)*中提到的那些步骤。我对小组工作坊的所有建议都建立在这些步骤的基础上。不管是我牵头还是我参与的工作坊,我都会采用这些步骤。可以说百试不爽。

习作不需要很高的完成度,它没有必要成为不朽的作品。在修改的过程中,你会受益更多。如果这能让你更上一层楼,那自然很好,但成功的练习应当恰到好处地完成所设想的目标。这些练习大多数不长——一段,或者一页纸。如果要在一个小组里大声读你的作品,必须做到简洁。把篇幅压缩到限定的长度本身就是一种卓越的训练。当然,如果你的习作片段把你引入某个有趣的所在,过后你大可以让它继续生长。

工作坊的成员告诉我,如果我为每个练习圈定主题、给出特定的故事线或者情境,会很有助益。本书中我提供了这些东西,但你不必被它们限制住。它们是为那些想做练习,却不愿意坐下来发明一个宇宙的人准备的。

如果你在一个小组里工作,你可能会选择在会议过程中做练习。大家会就练习做一下讨论,然后每个人埋头写作。请安静:写写写写写。但绝不能超过半小时的时限。然后每人轮流大声读自己的习作,趁热打铁。压力常常带来令人惊叹的好作品。课内写作对那些不适应在压力下创作的人尤其有效，他们以为自己做不到。（当然可以。）如果设定半个小时的时限，孤独的领航员也能收获大致相同的效果。

每章的末尾都会引入一些可供思考或讨论的问题，孤独的领航员可以在闲暇时沉思默想，或者到人群中参与讨论。

大多数章节都有从技艺精湛的作家那里拿来的例子，它们包含各种各样的技巧。不管是在小组中还是你独自一人，一定大声朗读它们。（不要对独自大声念书心存顾虑！你的难堪顶多只有一分钟，但从独自大声朗读中学到的东西却足够你终身受益。）这些例子的设置不会影响你练习的方式，而仅仅意在展示应对这些技巧性问题的手段。

如果接下来你想试着模仿其中的某个例子，那就模仿吧。学习写作和绘画的人会有意模仿伟大的艺术作品，这是一种训练。写作课的教员们迷信原创性，认为模仿是可鄙的。剽窃和模仿，一个卑劣，一个有益，如今网络上随意借用到处可见，这让很多作者困惑，搞不清两者的分别。在我看来，关键得看动机。如果你试图将之占为己有，那就是剽窃，但如果你把自己的名字放在"以（某作家）的风格"之下，它就只是一个练习。严肃地写作，不拙劣模仿，也不东拼西凑，它就可以成为一个严格却有启发性的训练。我将在第103页详细地谈到它。

大多数例子取自年代稍早一些的小说，因为大多数当代作品的版权要么难以获得，要么价格不菲，再就是，我喜欢，也熟悉这些经典作品。不合格的老师让很多人对"经典"敬而远之，或者让人们以为作家只能从同代人那儿获取养分。立志有所成就的作家需要阅读伟大的作品。如果你阅读面狭窄，或者只看风靡一时的流行之作，你会对英语语言广阔的可能性估计不足。

　　扩展阅读和建议为小组探讨或个人研究提供了很好的话题：这个作家在做什么，他是如何做的，为何这样做，是否合我胃口？寻找其他例子，带到小组中，讨论它们，每个人都能从中受益。孤独的领航员则会在作者中找到向导、同伴和亲密的朋友，那些人也曾下海远航，并在暗礁和浅滩中找到了自己的路。

　　备注：我尽量避免使用专业词汇，但每一种技艺都有自己的术语，所以在书后，我附了一个技术词汇和难懂字词的简短词汇表。这些词第一次出现时，我会用星号注明。

她敏捷地滑脱，像银色的鱼
穿梭在汩汩拍打的海浪里

第一章

你书写的声音：语言的音乐性

声音是语言的开始。判断一个句子如何，要看它听起来是否悦耳。语言的基本元素是物理的：词语的声响、声音与静默构成的韵律标记着它们的关系。书写的意义与美感建立在这些声音和韵律之上。这适用于诗歌，同样适用于散文。尽管在散文里，声音的作用常常是微妙的，而且不那么规律。

很多孩子享受语言之音本身的愉悦。他们沉湎于重复词语悦耳的声响和拟声词（Onomatopoeia）*的清脆与顺滑感，迷恋有乐感或震撼耳膜的词语，喜欢异想天开地随意使用它们。有些作家保留着这种原始的乐趣，为语言的声音着迷。其他人则随着成长，失掉了阅读和写作中对口语和听觉的敏感。这是一种悲哀的损失。在书写时自觉地意识到词语的声音是一个作家的基本素质。幸运的是，它不难培养，也不难学习和唤醒。

好的作者就像好的读者，有一只心灵之耳。读散文时，我们一般都是沉默的，但许多读者却用心中那敏锐的耳朵倾听。枯燥乏味、支离破碎、絮絮叨叨、虚弱无力：这些针对叙事文的常见批评都是在说声音方面的缺陷。生动、流畅、有力、优美、节奏明快：这些则是散文声音的优秀特质，阅读时，我们会享受它们。叙事文作者需要锻炼他们的内心之耳，倾听自己写的句子，在写作时听到它们的声音。

叙事文中，一个句子的主要任务是指向下一个句子——推动故事。前进的动作、速度和韵律将是这本书反复提到的词。步调和动作建立在韵律的基础上，而感受和掌控文章韵律的主要方法就是听到它——去聆听。

描述好一个动作或者一个观念不是故事的全部。故事是语言构成的，而语言如同音乐一样，本身能够而且确乎表达自身的喜悦。诗歌并不是唯一可以带来听觉愉悦的书写。下面有四个例子，体会一下它们内部发生了什么。（大声朗读它们！放开嗓子大声读！）

例1

《原来如此的故事》[1]（*Just So Stories*）是一部杰作，

---

[1]《原来如此的故事》，罗德亚德·吉卜林（Rudyard Kipling）写的动物寓言集，出版于1902年。

生机勃勃的词汇、乐感极强的韵律、戏剧性的措辞在书中俯拾皆是。罗德亚德·吉卜林[1]让一代代孩子知道，一个故事的荒诞之美可以有多动听。而不论是荒诞还是美，儿童都是不会拒绝的。

选自罗德亚德·吉卜林的《原来如此的故事》中的《犀牛的皮是怎么变成现在这样的》

很久很久以前，在红海之滨，有个荒无人烟的小岛，上面住着一个帕西人，太阳照在他的帽子上，反射出比东方风情还绚丽的光彩。除了他的帽子、他的小刀和一个你一定永远不肯去碰的做饭的炉子，这个红海边的帕西人一无所有。有一天，他用面粉、水和葡萄干、李子还有糖啊什么的给自己做了一个蛋糕，足有两英尺宽三英尺高。这着实是个超级蛋糕（简直是魔法），因为能用炉子做饭，他把它放在炉子上，烤啊烤啊，直到它整个儿成了棕色，而且香味四溢。但正当他准备开动时，有个不速之客从荒无人烟的内陆闯入了海滩，那是一头鼻子上顶着一只角，瞪着两只猪眼睛却没什么礼貌的犀牛。……犀牛用鼻子顶翻了炉子，蛋糕滚到了沙滩上，它用鼻子上的角挑起蛋糕，吃完，然后走了，摇摇尾巴，走回

---

[1] 罗德亚德·吉卜林（1865—1936），英国诗人、短篇小说家、记者。1907年以作品《老虎！老虎！》获诺贝尔文学奖。

凄凉而荒无人烟的内陆地带，回到毗邻马赞德兰岛（Mazandaran）、索科特拉岛和昼夜平分线的那些岬角。

下面这个片段来自马克·吐温早年的小说《卡拉维拉斯县驰名的跳蛙》[1]，这完全是个口耳相传的故事，它的美藏在对话的抑扬顿挫中，令人欲罢不能。有数不尽的方法让作品熠熠生辉。

例 2

选自马克·吐温的《卡拉维拉斯县驰名的跳蛙》

喔，这个斯迈雷，养过捕鼠梗犬、小公鸡、公猫，诸如此类的东西，他会跟你赌个没完没了，不容你停下喘口气，甚至你没东西可赌的时候，他还要跟你赌。有一天，他抓了只青蛙回家，说要好好训一训；于是有那么三个月时间，他什么事都不干，一心一意在后院教那只青蛙蹦高。别说，他还真把青蛙训出来了。只要他从后面点青蛙一下，那青蛙马上就像炸面圈似的在空中翻转——翻一个筋斗，要是起得好，也许能翻两个，然后稳稳当当地四爪着地，跟猫一样。他也训它捕苍蝇，没

---

[1]《卡拉维拉斯县驰名的跳蛙》(*The Celebrated Jumping Frog of Calaveras Country*)是美国作家马克·吐温的短篇小说，发表于 1865 年。

日没夜地练,练到最后,不论苍蝇飞出去多远,只要青蛙能瞅见,回回都逮得着。斯迈雷说,青蛙生性好学,学什么会什么——这话我信。怎么?我亲眼见过。有一次,他把丹尼尔·韦伯斯特放在这块地板上——那青蛙叫丹尼尔·韦伯斯特——大喊一声:"苍蝇,丹尼尔,苍蝇!"一眨眼的工夫,青蛙就噌地跳起来,把那边柜台上的一只苍蝇吞下去了,然后一坨泥巴似的,啪嗒落到地上,拿后腿挠挠后脑勺,跟没事一样,好像不觉得自个儿比别的青蛙强到哪儿去。别看它有能耐,你找不着比它更朴实、更爽快的青蛙了。要论从平地规规矩矩地往上跳,它能比你见过的任何青蛙都跳得高出一个身子。你得明白,平地起跳是它的拿手好戏;只要比这一项,斯迈雷就一路把注押上去。斯迈雷很以他的青蛙为荣;要说也是,那些见多识广的老江湖都说,他们从来没见过这么棒的青蛙。

第一个例子里溢出东方风情的绚丽语言和第二个例子中让人忍俊不禁的懒洋洋的口头对话推动着故事。而在这个和下一个例子里,词汇简单平常;关键是,韵律有力而有效。大声朗读赫斯顿的句子,会被它的乐感和拍子抓住,进入它催眠般的、致命的驱动之中。

例3

选自佐拉·尼尔·赫斯顿[1]的《他们眼望上苍》[2]

故事的开始是一个女人,她从埋葬的死者那回来了。不是那种有朋友陪在枕前脚后熬过病痛的死者。她从被浸泡得肿胀的死者那回来;死者死得突然,大睁着眼,盯视着命运的判决书。

人们都看见她来了,因为这是日落时分。太阳已经走了,但把脚印留在了天上。这正是坐在路边门廊上的时候。这正是谈天说地的时候。这些坐着的人白天是没嘴、没眼、没耳朵的工具,骡子和别的畜生占据了他们的皮囊,但这时候,太阳和工头都消失了,皮囊又强健起来,像个人了。他们变成了闲话和鸡毛蒜皮的主子。他们用嘴巴周游列国。他们坐下来评断是非。

看见这个女人时,那种不知什么时候积下的嫉妒又被记起了。只好重新咀嚼心底的记忆,再津津有味地咽下去。他们带着质疑愤怒地表达,笑声也变成了杀人的工具。这是群体暴行。一种情绪活跃起来。无主的语言开始随意地行走,浩浩荡荡,组成乐曲的和声。

---

[1] 佐拉·尼尔·赫斯顿(Zora Neale Hurston, 1891—1960),被称为美国黑人文学之母。她有意识地从黑人文化中汲取营养,把具有黑人特色的叙事框架和口语巧妙地在融入创作中。

[2] 《他们眼望上苍》(*Their Eyes Were Watching God*),长篇小说,出版于1937年。小说描写了反抗传统习俗的束缚、争取自己做人权利的珍妮的一生。

下一个片段里，中年农场主汤姆正在应付癌症的猛攻，他明白，自己将因此而死。莫丽·格罗斯[1]的文字安静而细腻；其力量和美感来自对词语的位置和出现时机的完美安排，音乐性及句子节奏的变换蕴含着表达人物情绪的方式。

例 4

选自莫丽·格罗斯的《马的心》[2]

鸡都回窝里去了，院子里安安静静——每天离日出还有好几个小时，鸡就开始宣示，好像等不及一天的开始似的，但它们同样喜欢早早入睡。汤姆已经渐渐习惯在它们清早的召唤声中沉睡了，家里人也是。但最近这几周，甚至不等公鸡吹响起床号，一听到母鸡的咕咕声，他就会醒过来。在一天最初的这个黑暗时刻，它们的声音对他来说像祈祷的钟声一样柔软虔诚。他开始惧怕黑夜——跟这些鸡一样，每当影子拉长，光线开始从天空渗漏出去的时候，他就希望赶紧爬上床，闭上眼睛。

他信步走进柴棚，坐在一垛木头上，手肘放在膝

---

[1] 莫丽·格罗斯（Molly Gloss, 1944— ），美国作家。以其创作的历史小说和科幻小说为人所知。

[2] 《马的心》(The Hearts of Horses)，长篇小说，讲述了一个年轻但意志坚定的女人在男人的世界里实现自我的故事。

盖,让身子一前一后地摇晃起来。身体里鼓胀着一些说不出的东西,他想,哭出来也许能好一点吧。他坐着、摇晃着,终于掉下泪来,这似乎无济于事。他自顾自地痛苦呜咽、剧烈咳嗽,直到那个不知是何物的,支棱在身体里的东西完全被释放。呼吸慢慢平复,他继续坐着,一前一后地又摇了一会,盯着脚上那双沾了一圈粪肥和干草的靴子。然后他用手帕擦擦眼睛,回到屋里,坐下和老婆孩子吃晚餐。

扩展阅读

艾丽斯·沃克(Alice Walker)的《紫色》[1]以其语言声音之美妙而闻名。而要说平静有力的韵律,那就读萨拉·奥恩·朱厄特[2]的《尖枞树之乡》或者肯特·哈鲁夫[3](Kent Haruf)的西部小说《素歌》。

幻想小说本质上是一种依赖于语言的小说,不少经典的英文作品可归入幻想小说之列,比如《爱丽丝漫游奇境记》(Alice in wonderland)。阅读的时候一定要竖起耳朵,否则你会错过它动听的美;你会发现,许多意义是穿过词

---

[1] 《紫色》(*The Color Purple*),长篇小说,出版于1982年,曾获普利策奖。

[2] 萨拉·奥恩·朱厄特(Sarah Orne Jewett, 1849—1909)是美国女性爱情文学的主要代表作家,也是现代女同性恋文学的先驱。《尖枞树之乡》(*The Country of the Pointed Firs*)为其代表作。

[3] 肯特·哈鲁夫(Kent Haruf, 1943—2014),美国作家。小说《素歌》(*Plainsong*)入围"美国国家图书奖"决选名单。

语的声音和韵律来到你跟前的。

练习一：写得悦耳

第一部分：写一段叙事文，大声读出来。尝试用拟声词、押头韵（Alliteration）*、重复、音律效果、虚构的词或名字、方言——任何你喜欢的声音效果——但不能用韵文或格律（Meter）*。

我希望你愉快地去写——去游戏。倾听自己笔下句子的声音和韵律，跟它们游戏，像一个吹笛子的孩子。这不是"自由写作"，但与"自由写作"相似的是，你放松了控制：你鼓励词语本身——它们的声音、节拍和回声——领着你信步前行。这一刻，忘记所有"好的风格是不露面的，艺术在于隐藏"之类的中肯建议。亮出它们！让整个奇妙的语言交响乐团都上场！

为孩子而写，如果这能让你放开手脚的话。为你的祖先而写。使用你喜欢的任何说故事的语调。如果你熟悉任何一种方言或土话，那就用它取代平凡的语言。可以尝试嘈杂喧闹，或者轻声低语。试着重现词语那急促或平和的运动。让词语中的音节发声，让句子中的节奏踏上拍子。尽情享受，大声游戏，重复，发明，随心所欲。

记住——不要韵文,不要格律。这是散文,不是诗歌。

我不太建议限定任何"情节",但假如你需要什么东西抓住语言,你可能可以尝试讲一个鬼故事。或者发明一个小岛,在岛上穿行——看看会发生什么?

～～～～～～～～～～～～～～～～～～

第二部分:用一段左右的篇幅,描写一个动作,或者一个有强烈情绪的人——欢乐、恐惧、悲伤。试着让你笔下的物理现实(Physical Reality)*包含和体现在句子的韵律和运动之中。

～～～～～～～～～～～～～～～～～～

在小组中展示和倾听这些习作会带来很多乐趣。不需要太多的评价(Critiquing)*。对一次成功的展示来说,最好的反馈是赞扬。

如果你独自工作,放声朗读你的作品;有气势地表现它们。这样做毫无疑问会引导你在各种地方改进自己的文本,同它多做互动,让文本内的声音更有力度和活力。

事后的思考或谈论:思考作品中的声音是否释放了、包藏着某种非凡或者惊喜,是否唤起了一种你从未用过的表达?写得悦耳带给你的是享受,还是镣铐?你能说出是为什么吗?

"文字之美"的自我意识是个值得思考和讨论的问题。如果你读到一篇小说或随笔,作者铆足力气写得震撼、有诗意,专挑生僻晦涩的词语,用出人意料的方式构词,明显是在追求声音效果,你会怎么看?你感到享受吗?这种有意识的风格起作用了吗?它是强化了表达,还是喧宾夺主,让你分心?

名字携带的声音很有趣,人物的名字、它的发音、其中隐藏的回声与暗示,都有着强烈的表现力:尤赖亚·希普[1]、简·爱(Jane Eyre)[2]、宠儿[3]……地名也一样:福克纳的约克纳帕塔法县[4]托尔金念兹在兹的罗斯洛立安[5]或者纯朴却勾起深深回忆的中土大陆[6]。品味小说里人物的名字,咂摸它们意味深长的声音,是饶有兴味的事。

想写得悦耳需要反复练习,附带提一句,它可以作为

---

[1] 尤赖亚·希普(Uriah Heep),狄更斯小说《大卫·科波菲尔》中的一个反面角色。Uriah,圣经人物名,含义是"耶和华是光明"(Jehovah is light)。

[2] Jane(希伯来文)意为上帝的恩典,也是 John 的女性名词。

[3]《宠儿》(Beloved)出版于 1987 年,刻画了奴隶制对黑人造成的肉体和心灵的创伤,Beloved 是主人公的名字。托尼·莫里森凭借此书获得了 1993 年的诺贝尔文学奖。

[4] 约克纳帕塔法(Yoknapatawpha)是美国小说家威廉·福克纳笔下虚构的一个县,名字借自约克纳帕塔法河,这条河流过密西西比州拉斐特县南部。Yoknapatawpha 来自乔克托语或契卡索语,按照一般当代语言学家的解释,"Yokna"意为"土地","patawpha"意为"犁开"。

[5] 罗斯洛立安(Lothlórien),出自《指环王》,为中土大陆的地名,意思是"盛开花朵的梦土",居住着诺多族、辛达族和南多精灵。

[6] 中土大陆(Middle-earth)是出现在 J.R.R. 托尔金著作中的一块大陆,这名称来自于古英语中的 middangeard,意指"人类居住的陆地"。托尔金曾表示中土大陆所在的世界影射的是古代的地球,其北半部便是今日的欧亚大陆。

写作前的热身。尝试用口语的声音效果造成一种情绪。望望窗外的景色，看看杂乱的书桌，回想一下昨天的事，某个人讲的某句怪话，用它们写一个动听的句子，或者写段话。或许它能让你开始摇摆。

该死的分号尖声呼喊
船长全速飞驰在身前

第二章

了解语言游戏的规则：标点和语法

诗人卡罗琳·凯泽（Carolyn Kizer）曾经对我说："诗人感兴趣的主要是死亡和逗号。"而叙事文作者感兴趣的主要是生命和逗号。

如果你对标点没有兴趣，或者惧怕它们，你也许就错过了作家手中最美丽、优雅的工具。

这个主题与上一章关系紧密，因为标点会告诉读者如何倾听你的文字。它是为此而生的。逗号和句号构建起句子的语法结构；通过声音的暂停与中断，让句子的意义和情绪更清晰。

如果读乐谱，你会知道休止符是沉默的标志。标点的作用与它十分类似。

句号指的是停止片刻分号指的是停顿逗号是指一瞬间的停顿或者期望形成某种变化破折号则是拆开一个句子的停顿

（The period means stop for a moment the semicolon means pause and the comma means either pause very briefly or expect some change the dash is a pause sets a phrase apart）

稍微努把力，你就能明白这些话的意义。而你现在要做的是为它们加上标点，让句子变通顺。

对于标点的使用，有一些严格的规定，但也存在很大的个人选择空间。在这儿，我要做的是：

句号指的是停止——片刻。分号指的是停顿；逗号是指一瞬间的停顿或者期望形成某种变化。破折号则是拆开一个句子时的停顿。

（The period means stop–for a moment. The semicolon means pause; and the comma means either pause very briefly or expect some change. The dash is a pause sets a phrase apart.）

也有其他可行的处理方式，但错误的选择会改变意思，甚至全盘皆错：

　　句号指的是停止。有时候，分号指的是停顿，逗号亦然。停顿一瞬或者等待。有时候改换破折号。停顿会拆开一个句子吗？

　　（The period means stop. For a moment, the semicolon means pause and the comma means either. Pause very briefly or expect. Some change the dash. Is a pause sets a phrase apart?）

　　有些对写作有野心的人会把工作的重心放在其他方面，对标点则轻慢不屑。谁会关心一个逗号放在哪儿？过去，草率的作家会指望文字编辑规范标点，改正语法错误，但文字编辑近来却成了"濒危物种"。至于电脑里那些假装能修正标点或语法的软件，关闭它们吧。这些程序的水平低得可怜，它们会砍短你的句子，祸害你的文字。能力取决于你自己。你得孤身一人面对那些吃人的分号。

　　我无法把标点从语法中分离出去。因为很大程度上，学习符合语法规范的写作，就是学习使用标点，反之亦然。

　　我认识的作家每人都至少有一本语法手册，以备参考。

出版商大都把《芝加哥格式手册》[1]视作最高权威,但它专制甚至专横的戒律,主要针对说明文,并不总适用于叙事文。相同的问题也出现在大多数大学语法教材上。我手上用的是一本老手册,斯特伦克和E.B.怀特合著的《风格的要素》[2]。它坦诚、清晰、有趣,而且实用。跟所有语法学者一样,斯特伦克和怀特的观点不容置喙,于是反潮流不可避免地出现了。你也能找到更新颖时髦的指导。有一本杰出而且值得信赖的语法手册刚刚再版,那就是凯伦·伊丽莎白·戈登(Karen Elizabeth Gordon)的《气定神闲的句子:为天真、热切和无望的人准备的标点手册》(The Well-Tempered Sentence: A Punctuation Handbook for the Innocent, the Eager, and the Doomed)。

自希腊以降,即使在黑暗时代,学校也将语法视作教育的基础和根本要素[3]。在美国,小学曾被称作"语法学校"。但上个世纪末,许多学校几乎停止了语法教学。不知何故,人们认为不用了解手中的工具就可以写作。我们想要"表达自我",挤出灵魂的橙汁,却没有拿到任何工具,连个切橙子的刀子也没有。

---

[1]《芝加哥格式手册》(The Chicago Manual of Style)第一版由芝加哥大学出版社资深编辑们在1906年撰写,囊括了几乎所有学术写作和编辑出版涉及的规范。
[2]《风格的要素》(The Elements of Style),介绍和剖析英文写作的作品。
[3] 中世纪的语法学校以神学和"七艺"为主。"七艺"包括:语法、逻辑、修辞、算术、几何、天文和音乐。语法在七艺中居于首位,因而是语法学校学习的重心。

没有工具，我们指望谁能修好厨房的水槽？没学过技法，能指望谁站出来，拉一曲小提琴？下笔写一个句子表达出你想说的话，绝不比铅锤校正和运弓拨弦简单。它需要技艺。

意见书：正确性和正当性

上二年级的时候，我们会听从老师这样的责备——"比利，'是我'不能说'It's me'，得说'It is I'。"我们中很多人面对语法权威的恐吓会畏缩不前，他们说"有希望地（hopefully）"是有语法错误的。但真正"有希望的"是，仍有人会继续抗议。

正当性和语法联系紧密。人类依靠语言生活。苏格拉底说过："语言的误用将给灵魂招致罪恶。"很长一段时间，我把这句话当作座右铭钉在桌前。

谎言是对语言的有意误用。然而"仅仅"因为无知和无意，常常就会滋生出半真半假的误解和谎言。

在这层意义上，语法和正当性紧密相连。周密和恰当地使用语言是作家的道德责任。

但苏格拉底没有谈论语言的正确性。正确不代表道德上"对"，不正确也并非道德上"不对"。正确性不是道德问题，而是社会和政治问题，它界定着社会阶级。正确的用法由某个以特定方式讲话和书写的群体而定义，它们是区分内部群体和外部群体的测验或口令，猜想一下，哪个群体掌握着权力？

我憎恨手握正确性的恶霸，厌恶自以为是的正直，我质疑他们的动机。然而在这本书里，我必须在剃刀边缘行走，因为语言的用法是个社会问题，尤其在写作上，语法是传达意义时普遍的社会共识。语无伦次的句法、错误的用词、放错位置的标点，都损害理解。对规则的无知使句子杂乱无章。若不是自觉地用一以贯之的方言去书写或个性化地表达，不正确的用法是场灾难。语言使用上扎眼的错误会让整个故事黯然失色。

哪个读者会信任对手头的工具一无所知的作者？谁能随着走调的小提琴翩翩起舞？

写与说适用的标准不同。这不难理解，因为阅读的时候，我们听不到讲话者的声音，看不见对方的表情，分辨不出口吻，也就没法理解没说完的句子和错误的用词。我们拥有的只有词语。因此它们必须清楚明晰。比起面对面讲话，让陌生人读懂你的文字需要付出更多的努力。

如今，写作的陷阱遍布于网络，在电邮、博客和评论回复里更是俯拾皆是。虚拟交流的便利和无须思索的轻松有种迷惑性。人们急急忙忙地写，不去重读写下的东西，误读别人的同时也被别人误读、陷入争执、抛出谩骂、放言挑衅，因为他们希望别人看到自己的文字，就像听到自己讲话一样。

指望人们能听出言外之意的想法是幼稚的。将自我表达与交流相混淆是危险的。

读者面前只有词语。表情符是无法用语言表达情绪和意图时可怜乏味的替代品。网络确实方便，但在网络上表达自己的想法却跟用平面媒体一样困难。也许甚至更加困难，因为在面对屏幕而不是纸张时，很多人只会漫不经心地匆匆浏览。

写作可以是完全口语化的、非正式的，但若要交流任何复杂的思想或感情，就不得不遵循普遍的共识、通用的语法和使用习惯。如果打破它们，那就是有意的破坏。只有了解规则才能打破规则。横冲直撞的人算不上革命者。

如果不了解真正的规则，你可能会误入歧途。我曾经不止一次被煞有介事的语法和词汇用法误导，掉进假冒的"优秀作品写作规则"里。这里就是一个例子：

假冒的规则：以"有……（There is...）"开头的句子都是被动语态（Passive Tense）*。优秀的作者从来不用被动语态。

事实上优秀的作者一直在用"有……"。"他手腕后面有一只黑寡妇蜘蛛。""机会还是有的。"这被称作"存在结构"（Existential Construction）*，用来引出一个名词。它很基础，而且很有用。

根本不存在叫作"被动语态"的东西。被动和主动不是语态，而是动词的模式。只要使用得当，两种模式都有用，都正确。优秀的作家两者都用。

官僚、政客和行政人员等在演讲中使用"存在结构"来规避责任。这里有段佛罗里达州州长里克·斯科特[1]在佛罗里达州共和党大会上的讲话，提到台风威胁时他这么说："对于撤销威胁没有任何预期。"你能看到，这个无辜而且有效的结构是如何背上恶名的。

这里有一个有意违背假冒规则的例子：

假冒的规则：英语中的泛指代词是"他（he）"。
违背的例子："每个人轮流大声朗读他们的作品。"

语法恶霸们会说，这是错的，因为"每一个""每个人"是单数，而"他们的"是复数。但莎士比亚却曾经把"他们的"跟"每个人""任何人""一个人"放在一起使用，我们平时说话时也这样用。（乔治·萧伯纳就说过："别再逼得任何人都失去他们的理智了。"）

从十六或者十七世纪开始，语法学家就教导我们，

---

[1] 里克·斯科特（Rick Scott, 1952—　），自 2011 年起至今，任佛罗里达州第四十五任州长。

这是不正确的。也是从那时候起，他们声称代词"他"可以代指两个性别，比如"如果一个人要做流产，他必须告诉父母"。

我对"她们"的使用有社会动机，这也是政治正确的（如果你喜欢这种说法）：这是对社会和政治上那个影响深远的禁令的有意回应，语法制定者们通过剥夺我们的性别代词，强化了男性是唯一重要的性别的认识。一直以来，我都在破坏一些不只是假冒，而且有害的规则。我清楚我在做什么，也晓得为什么要这么做。

对于一个作者，这很重要：清楚自己在对语言做什么，为什么这么做。一个作者应当对语言和标点的用法了若指掌，能驾轻就熟地使用它们，使它们不再是限制你的规章，而是服务你的工具。

看看"跳蛙"那一段（第4页）：作者故意偏离"正确"的用法，但标点却无可挑剔，而且在保持方言的使用和抑扬顿挫上发挥了重大的功用，读来节奏明快。粗陋的标点让句子混沌而丑陋，明智的标点则使语言清晰流畅。这才是真正重要的。

下面这个练习纯粹是一剂提神剂。我尝试通过禁止你使用标点，来让你体会它的重要性。

练习二：我是萨拉马戈[1]吗

在纸上写一段叙事文，150 到 300 字之间，不要用标点（也不要用分段或者其他任何手段来打断）。

建议主题：一帮人置身于一个慌张、忙乱、让人糊涂的活动之中，比如革命运动、事故现场，或者大甩卖开场前的那几分钟。

小组活动：让大家先默读一下，只读一遍。当写作者大声朗读作品时，理解起来并不难。但如果作者不读，理解还容易吗？

评价练习时的思考和讨论：没有任何停顿的词语之流能否贴合主题？标点能够在多大程度上影响叙事？

写作之后的思考：这些文字像什么，它是如何区别于那些有通常的标记、引导和停顿的文字的？它是否引导你用一种有别于平日的方式写作，或者为你曾经尝试的写作方式提供了一个不同的路径？这个过程有价值吗？习作的可读性如何？

---

[1] 这里指的是葡萄牙作家若泽·萨拉马戈（José Saramago，1922—2010），1998 年诺贝尔文学奖获得者。萨拉马戈的语言十分独特。在其代表作《失明症漫记》里，通篇只有逗号和句号，问号、引号等常用标点符号一律没有。

如果你一直都在逃避思索标点，这是一个机会：独自坐下来，拿出一本自己喜欢或赞赏的书，挑出几段来读，研究它的标点。这个作者在做什么，为什么用这种方式断句，为什么想在那儿停顿，标点在多大程度上构建了文字的节奏，它是如何做到的？

一周之后：现在，如果再通读一遍自己在工作坊中的习作，给它加上标点，这也许会很有趣。没有标点的片段不得不自成一体，找到一种无须标点便能清晰表达的方法。给它加上标点，也许就是重写它。你觉得哪种方式更好？

小时候，我在一本讲绕口令的书里读到过一个由四部分组成的句子，它把标点的力量，尤其是分号的用途表现得淋漓尽致。它没有标点，是这样一句话：

All that is all that is not is not that that is not that that is not that is all

只需三个分号，就能赋予它意义。你也可以全都用句号，但那就显得磕磕绊绊了。

风没了,帆耷拉下来。船慢了,停住了。我们静立不前。

第三章
文字的有机作用:句子的长度和句法

句子是一种神秘的存在,我不准备讲它是什么,只想探讨它能做什么。

在叙事文里,一个句子的主要任务是导引出下一个句子。

在这个基本的、无形的工作之外,叙事文的句子当然也可以做一些听得见、触得到,美丽、惊奇而有力量的事情。为了做到这些,它首先要具备一个特性:连贯性。句子必须环环相扣。

支离破碎、散漫成章、拼拼凑凑的句子不能严丝合缝地导引出下一个句子。好的语法就像完善的工程设计:机器部件各司其职。坏的语法则是设计失误,而且齿轮沾上了沙子,垫圈选错了型号。

下面列出了句子设计中最常见的问题,第一个是最常出现的。

错位

- 她摔倒了,当时她正站起来,弄破了鼻子。
- 这完全是场无聊事故的讨论。
- 他很确定,当他面对测验的时候,他能通过。
(测验的卷子已经摆在了他桌子上,他觉得很简单,还是说不管什么时候考试,他都胸有成竹?)
- 她给他回了一封怒气冲冲的邮件,完全是多此一举。
- 她给他回了一封多此一举的怒气冲冲的邮件。
- 她多此一举地给他回了一封怒气冲冲的邮件。

不如这样想:有一种方式可以最熨帖地把句子的各个部分连缀在一起,而你的任务是找到这种方式。不回头重读,你也许不会注意到有些词语放错了位置。也许你只需要对词语顺序做一些细微的调整,也许需要完全重写整个句子。(你想如何修改上面这三个关于邮件的句子?)

悬垂结构 [1]

- 走出家门,一株庞大的橡树高高俯瞰着他们。
- 酒足饭饱之后,沙发显得圆润而诱人。

---

[1] 悬垂结构(Dangling Element):一般在一个句子中,修饰语必须清楚地修饰句中某个词或短语;如果它不修饰句中的任何成分,而处于悬浮状态,这样的修饰语即为悬垂结构。分词短语在句子中作状语时,其逻辑主语(亦称隐含主语)通常应是整个句子的主语;如果不是,而且其本身也不带自己的主语(如在独立主格结构中),就被认为是一种语言失误。

几乎所有的作家都会用悬垂结构，有些无伤大雅；但走动的树和可食用的沙发却着实煞风景。

连接词

- 他们很兴奋，想要跳舞，接着又觉得自己大概读过太多海明威了，而且已经是晚上了。
- 他们想欢乐一下，但是天太黑了跳不了舞，但是总之没有人准备音乐。

将短句子用连词连缀在一起，是合理的惯例，但如果运用不当，就会变成孩子气的喃喃自语，让读者跟不上你的故事。

但你想让读者跟着你走。如果你是穿花衣的吹笛手[1]，句子就是你奏出的旋律，而读者则是哈梅林（Hamelin）的孩子（或者那些老鼠，如果你愿意的话）。

而吊诡的是，如果你的笛声精巧别致，如果你的句子不同寻常，或者过于藻饰，你的读者会分心，跟不上你的故事。这就是那个老掉牙的关于"杀死汝爱"[2]的恶毒建

---

[1] 穿花衣的吹笛手，德国传说中的人物，被请来驱逐哈梅林镇上的老鼠，却拿不到报酬，因而吹笛子把镇上的小孩拐走。

[2] 杀死汝爱（"Kill Your Darlings"）的原本含义，是在创作时删掉你文章中最喜欢的段落，因为这往往是最自我沉醉的部分，亦即唯有抛开欲望、悔恨与自欺欺人后，才能看清真实。

议：一个句子华丽到让故事停滞不前。出人意料的结构、震魂摄魄的形容词和副词、眼花缭乱的明喻（Simile）*和暗喻，这样的句子在叙事文中是无效的，它拽住你的读者，让他迈不动腿，即使你的手法让他惊叹不已。

诗歌没有这种顾虑。一行诗，几个字，就能让读者屏住呼吸，哑然失语，停下来回味它的美感，让瞬间定格。许多人心仪纳博科夫笔下华丽而繁复的文字，我却很难读下去，因为它总是拦住你，让你驻足欣赏。

总的来说，每个句子都应当优雅地展开，但文字得体的美感与力量却在于整体的有机作用。

第一个练习是"写得动听"，因为我想在开篇的时候，唤起一个经常被忽略的事实，即优秀的作品总能够取悦耳朵。然而大多数优秀的叙事文，尤其是篇幅较长的叙事文，它们抓住我们的不是刹那间耀眼的文字，而是声音、韵律、布局、角色、动作、互动、对白以及情感的综合作用，它们偷走我们的呼吸，让我们流泪又急迫地想追到下一页寻找接下来发生了什么。这样一来，在一个场景结束之前，每个句子都会引向下一个句子。

每个句子都有自己的韵律，它也是作品整体韵律的一部分。韵律让歌曲潺潺流动，让骏马嘚嘚飞奔，让故事不断伸展。

而散文的韵律很大程度上取决于——相当平淡无

奇——句子的长度。

试着让孩子们写得通俗晓畅的老师,倡导"明晰"风格的教科书,有着奇怪的规定和迷信的记者,喜欢制造响动的惊险小说作家——这些人给许多人的大脑中灌输了一个概念:只有短句子才是好句子。

录证词的罪犯也许会认同这说法。我不会。

悲哀的是,人们不只写不出复杂的句子,也读不懂它们。"啊,狄更斯我读不了,全都是长句子。"我们的文学正一步步沉沦。

非常短的句子,不管是独处一隅还是连缀成篇,只要用在恰当的地方,确实能起到显著的作用。但如果一篇文章完全由短而句法简单的句子写成,则会单调、断断续续、惹人厌烦。如果用短句子构成一篇很长的文章,不管内容如何,那"嘭嘭"作响的节奏会让它带有一种虚假的简洁,读不上几行,就会觉得愚蠢乏味。看阿斑。看阿简。看阿斑咬阿简。

有种说法认为,短句子"更接近我们平时说话的样子",这是个神话。作者没必要模仿正常的说话,他完全可以用更精细的方式建构句子,因为写作者有时间思索和修改。况且,相比于写作,说话的时候人们对绵长的、铰接良好(well-articulated)*的句子用得更频繁。我们会用大量的子句(clause)*和修饰语(qualifier)*把复杂的想法顺着讲出来。口述素有冗长的恶名。当亨利·詹姆斯把他的小说口述给书记员的时候[1]，他好用修饰语、插入语和子句的癖好就失去控制了，它们阻碍叙事，让整篇文章跟跟跄跄，处于自我重复与嘲弄的边缘。仔细聆听一篇文章与陶醉在某个人的嗓音里完全是两回事。

有的叙事文蕴含着大量复杂的长句，充满嵌套子句（Embedded clause）*和各种语法架构（Armature）*，多留神。长句子需要精心和巧妙的管理，需要坚实的构造；它们的连接必须清晰明确，这样它们才能顺畅地流动，轻松地带读者上路。复杂语法之间纯熟的柔韧衔接就像长跑运动员的筋骨与肌肉一样，随时保持步调，稳定地一直向前。

句子没有最适宜的长度。配得上适宜二字的是多样性。优秀的文章里，句子的长度是在与周围句子的对比和相互作用中确立的，同时也取决于它言说和表达的方式。

"凯特扣动了扳机。"一个短句子。

"凯特发现，丈夫对她讲的话不再上心了，同时她自己似乎也不再在乎他是否还上心，这种漠然也许是种不祥的征兆，但她此刻不愿去想这些。"这样的主题需要一个复杂的长句子，以便把意思表达出来。

---

[1] 在詹姆斯职业生涯晚期，他开始口述写作，作品变得冗长难读。詹姆斯饱受口吃之苦，为弥补这点，他说话速度变慢，开始咬文嚼字。"他用越来越多的双重否定和复杂叙述，而非直接叙述，一个简单的名词会被代词紧跟，代词又会被如云一样的形容词和介词短语从句修饰。"

回头重读的时候，你可以检视句子的多样性，如果你在支离破碎的短句子中间磕磕绊绊，或者步履艰难地行走在长句子的泥潭里，那就同它们游戏，获得多样的韵律和步伐。

例 5

简·奥斯丁的文字相当接近十八世纪有条不紊的风格，在一个现代的耳朵听来，它或许显得过分庄重或沉稳了；但大声朗读，你会发现它出人意料地顺口，而且听起来那么生动而才华横溢，你能感受到它轻快的力量。（许多简·奥斯丁作品改编电影中的对白照搬了小说的原文。）她小说的语法复杂却清晰。分号延长了句子的连接，如果奥斯丁把大部分句子里的分号换作句号，这些句子也同样"正确"。为什么她不这么做？

第二段整个是一句话。如果大声朗读，你会听出句子的长度是怎样加强最后一个分句的分量的。但这并不笨重，因为它分裂成了有节奏的重复："多么可悲，多么可鄙，多么无望，多么不可原谅"。

选自简·奥斯丁的《曼斯菲尔德庄园》

尽管近来自己也时常表达出同样的情绪，但托马斯爵士理了理关于范妮的事，仍觉得没有什么比这更不公平的了，他试图扭转谈话；却一次次无功而返；因为不只是现在，诺里斯夫人一向感觉迟钝，她察觉不到他对自己外甥女的好感，也看不出他有多么不想通过贬低范妮，来显得自己的孩子高人一等。这时候，她正冲着范妮絮叨，对她在晚餐时私自离开去散步感到愤愤不平。

然而最终，一切结束了；夜色徐徐，带给范妮更多的平静，也捎来更多的愉悦，她不曾期待，在一个暴风骤雨般的早晨之后，自己的精神还能如此地放松；无论如何，首先，她相信自己是对的，她的评判不会误导她；因为她的意图是纯洁的；其次，她希望能安抚不愉快的姨夫，如果他能公正地看待这个问题，他就更容易平复下来，而且会意识到，没有感情的婚姻是多么可悲，多么可鄙，多么无望，多么不可原谅，凡是好人都会这样想的。

她想，等到明天，在她所忧心的那个会面过去之后，这个问题就可以告一段落了，一旦克劳福德先生离开曼斯菲尔德，一切会很快恢复如故，就像什么都没发生过一样。她不相信，也无法相信，克劳福德先生会因为对自己的感情而长时间郁郁寡欢；他不是那样的人。伦敦会很快治愈他。到了伦敦，他很快就会怀疑自己的一片痴心，而且会感激她的理智，让自己免于尝到鲁莽的恶果。

例 6

下面这个滑稽的片段来自《汤姆叔叔的小屋》,包含几个联系松散的长句子,作家用拟声的手法戏仿了那段无穷无尽的、颠簸混乱的旅途。斯托夫人称不上是"伟大的文体家",但她绝对是一流的故事讲述者。她对文字的驾驭得心应手,带领我们一路前行。

选自哈丽叶特·比切·斯托的《汤姆叔叔的小屋》

就这样,我们的议员先生慢悠悠地在路上走着,正如人们可以想到的,一路上,他都在反复琢磨自己的品德,大部分时间里,马车都是"咣当!""咣当!""咣当!"地向前行进。烂泥!车陷进去了,突然之间,议员、女人和孩子互换了位置,还没等他们坐好,又猛然被挤到朝下开的车窗旁边。马车陷在泥里,动也不能动。车外,卡乔吆喝马,对这些马又是拉又是拽,但是一点作用也没有。正当议员失去耐心的时候,马车又突然向上弹了一下,改变了原来的位置,两只前轮深深地陷进了另一侧的泥坑中,议员、女人和孩子又被抛向前面的位子,议员的帽子糊住了他的脸,显得很是狼狈,他感到自己都快支撑不住了,小男孩也在哭,卡乔大声呵斥那几匹马,不停地用鞭子抽打它们,马胡乱地蹬,使劲地拉。紧接着,马车又弹了起来,颠了一下,这一下把后轮颠飞了，议员、女人和孩子又被重新抛到后座上，议员的胳膊碰到了女人的帽子，女人的脚踩在议员那只被震飞的帽子上。女人把帽子弄平整，哄着孩子，重新打起精神来，面对即将到来的状况。

例 7

下面这个优美的片段摘自《赫克贝利·芬恩历险记》，在很多方面，它都堪称典范，在这儿，我们看中它的原因是，作为一个相当长的句子，它用分号做引线，搭连起许多简短的子句，把一个人大声或低语时的节奏、口吻把握得妙到毫颠。你没法用演说腔念它，没法拉开嗓门。它有自己的嗓音：赫克的嗓音，低调，朴素，完全不装腔作势。它沉稳、温和而平缓。它的流动像河水一样安静，又像天明时的日出一样如期而至。语言总体上简短且朴素。语法学家可能会揪出几个语法"错误"，它们会阻滞一下，接着继续流动，恰如文中描述的暗桩和流水一样。几条死鱼漂着，然后太阳升起了，这是一切文学作品中最美的日出之一。

选自马克·吐温的《赫克贝利·芬恩历险记》

……河水刚没过膝盖，我们坐在水底，等待晨光的到来。没有一丝声音——一切静止了——整个世界像是睡着了，除了偶尔一两次啪嗒声，也许是牛蛙。从水面望过去，先是看到一条灰蒙蒙的线——那是河对岸的树林——往后便分辨不出什么了；接着天空中出现一抹苍白，接下来是更多的苍白，不断地伸展；随后河流柔软地显现了，撩起重纱，远远地退去，不再黑漆漆的，成了灰色；你能看到小小的黑点在漂，那么远——是平底驳船；还有黑色的长条——木筏；有时候你能听到哗哗的摇桨声；也有杂乱的人声，太安静了，所以声音传得格外远；再过一会儿，你能看到水面上有一道纹，看一眼你就晓得，急流下有一截树桩，流水被它撞开，成了这道条纹的模样；然后你看到薄雾从水面上卷起，红色由东方晕开，河水也红了，能辨认出树林边缘的一个小木屋，远远地在河对岸，像是个贮木场，实际上里面空空如也，从任何一个方向放狗进去都畅行无阻；接着怡人的小风钻过来，吹得人浑身舒泰，凉爽而又清新，闻起来满是树木和花朵的味道，沁人心脾；但又不全是这样，因为有人在四周丢下了些死鱼，长嘴刀鱼什么的，散发出浓浓的鱼腥气；接下来，就天光大亮了，一切在阳光下绽放微笑，鸟儿放声歌唱！

例 8

在下面这个片段里，聆听这些长短不一的句子，留意复杂的句法，包括对括号的运用和由此产生的韵律——它如何忽而流动，忽而间断，停顿，又继续流动——然后，在只有一个词的句子上，结束。

选自弗吉尼亚·伍尔芙的《到灯塔去》的第二部分"岁月流逝"

接着,平静真的到来了。平静的讯息从海里吹到岸上。不再打扰它的睡眠,轻轻拍打它,让它睡得更沉,不管做梦者做的是虔诚的梦,还是明智的梦,它沉沉入睡——它还有什么话需要喃喃倾诉呢?——房间整洁静寂,莉莉·布里斯柯(Lily Briscoe)把头靠在枕头上,听到了大海。世界的优美嗓音喃喃地从打开的窗口传过来,太轻了,听不清它说了什么——但如果意思明明白白,听不清又有什么关系?它恳求睡梦中的人(房子又住满了人;贝克斯韦夫人住下了,卡迈克尔先生也在),如果他们不真的下到海滩去,至少撩起百叶窗往外面看看。他们会看到夜色披着紫袍飘然而至,头戴王冠,权杖上镶着宝石;眼中露出孩子一般的神情。如果他们还在踌躇(莉莉被旅行累垮了,马上堕入了梦乡;卡迈克尔先生还在烛光中阅读),如果他们依然拒绝,说这壮丽的夜色不过如水汽般虚无,露珠都要比他有力量,他们更倾向去睡觉——那么,这个嗓音不会抱怨,也不会争辩,只轻轻地唱它的歌。海浪轻轻地破碎(莉莉在睡梦中听到了它),夜光轻柔地落下(仿佛透过了她的眼睑)。卡迈克尔先生心里想,这一切看上去和平日没什么不同,他合上书,沉入了梦乡。

当夜幕将房子裹起,也将贝克斯韦夫人、卡迈克尔先生和莉莉裹起,他们的眼上蒙着层层黑暗躺在那儿的时候,那个声音也许还要回来问,为什么不接受这一切,满足于这一切,默许和顺从这一切呢?茫茫大海点点拍打着小岛四周,嗒嗒的叹息声抚慰着他们,没有什么打扰他们安眠,直到鸟儿亮开嗓子,黎明把它们尖细的唧唧声织进自己苍茫的白色之中;马车缓慢地吱嘎着,什么地方传来几声狗吠,太阳掀开黑色的帘幕,揭去遮在他们眼睛上的黑纱,睡梦中的莉莉·布里斯柯微微一动,她,一把抓住了毯子,像落下悬崖的人死死抓住崖边的草皮。她睁大了眼睛。她想,又回到这里了,然后笔直地在床上坐起来。醒了。

扩展阅读

弗吉尼亚·伍尔芙卓越的思想和作品,对任何一个思考如何写作的人都有启发。在我看来,伍尔芙写出了英语文学中最微妙也最有力的韵律。

在写给一位作家朋友的信里,她这样谈道:

> 风格是个很简单的问题;一言以蔽之,韵律。一旦得到了韵律,就不能再用错误的词语。但另一方面,在这样一个清晨,我坐在这儿,脑子里塞满了想法、幻象,等等等等,却没法抚平它们,因为我没有合适的韵律。韵律是什么呢,它深深地扎在这里,远

比语言扎得更深。轻轻的一瞥，一种情绪，就在头脑中形成了这种波浪，远在它找到匹配的词语之前。

我再也没有读到过这样一针见血直抵作家工作的神秘核心的话。

帕特里克·奥布莱恩[1]的海洋小说系列［以《怒海争锋：舰长与司令官》（*Master and Commander*）开始］里的句子出奇地清晰、生动和流畅，让人难以相信这些句子原来有这么长。加夫列尔·加西亚·马尔克斯（Gabriel García Márquez）在他几部小说里做了省略标点和删去分段的试验。至于短之又短的句子，或者由"和"串起短句而构成的长句子，你可以读读格特鲁德·斯泰因[2]，或者欧内斯特·海明威，后者从前者那儿获益良多。

练习三：短与长

第一部分：用 300~400 个字写一段叙事文，每个句子控制在 15 个字以内。不能有残缺句（Sentence

---

[1] 帕特里克·奥布莱恩（Patrick O'Brian, 1914—2000），英国小说家，创作了描写拿破仑战争时代海上风云的历史小说系列《怒海争锋》。这个系列在 20 世纪文学史上影响深远，被认为是有史以来最好的历史小说，而他本人也被《时代周刊》称为"最伟大的历史小说家"。

[2] 格特鲁德·斯泰因（Gertrude Stein, 1874—1946），美国小说家、诗人、剧作家和收藏家。她喜欢通过新的表达方式和写作技巧来增强语言的表意功能，将绘画与语言有机地融会在一起，让人感到似是而非，朦朦胧胧，亦真亦幻。

Fragments）*！每个句子必须有主语和谓语。

第二部分：写一段半页到一页长的叙事文，要求达到700个字，只能用一个句号。

建议的主题：对于第一部分，描写一些紧张、激烈的动作——比如写一个小偷摸进一间屋子，有人正在里面酣睡。对于第二部分：长长的句子适合表达强烈、集中的情绪，适合囊括众多人物。你可以试着写些家庭记忆，不管虚构的还是真实的——例如饭桌上或病床前的某个关键时刻。

～～～～～～～～～～～～～～～～

注意：短句子不必全由简单的词语构成，长句子也不必选择长而复杂的词语。

评价时：探讨最适于笔下故事的句子是长句还是短句会很有意思。短句读起来真的更自然吗？长句是如何建构起来的——是片段的精心组接，还是如流水般沛然而下？长句的句法是否足够清晰明确，以免读者迷失在中途，不得不翻过来重读？它是朗朗上口，还是佶屈聱牙？

写作之后的思考和讨论：如果长句或短句练习都迫使你进入了一种你平时在某种程度上绝不会选择去涉足的书写方式，是一种怎样的体验？你是乐在其中，感到不无裨益，深受启发，还是觉得它令人发狂？为什么？

如果这个练习燃起了你对句子长度这个文体风格的重

要元素的兴趣，也许你会希望在这上面多做些功课。

重温练习三的最佳方式

第一部分：如果做上一个练习时你采用的是客观、冷静的口吻，那么，就同样的主题，或者另找一个主题，尝试一下口语的（colloquial）*形式，甚至试着用方言的口吻来书写——比如一个人物正在同另一个人物说话。
而如果你以口语化的形式开始，那就稍稍退一步，尝试使用一种更客观、冷静的方式。

第二部分：如果你的长句用的是简单的句法，主要靠"和"或者逗号串联起来，那就尝试一些别致的子句和元素——给亨利·詹姆斯上一课。
如果你已经这么做了，那就尝试一种更"汹涌"的方式，用上"和"、破折号，诸如此类——让它喷薄而出！
二合一：如果你用不同长度的句子陈述了两个不同的故事，你大可以尝试用两种长度的句子去讲一个同样的故事，看看故事会发生什么变化。

段落也应当放在这儿，因为同句子一样，段落也是一个将叙事文整体进行安排和连接的关键元素。然而，只有篇幅达到数页纸的长度，段落练习才能起作用。而且尽管段落的重要性不言而喻，我们却很难抽象地讨论它。

校订文稿时，有些东西要时刻牢记在心。小心地选择放置那些小小的行首空格的位置。它们标识着叙事流的连接与分离；它们是本质的架构，是文章结构的一部分，它们决定着作品长短韵律的模式。

下面这段话有强烈的倾向性，于是我把它称作——

一个关于段落的意见书

我已经在好几本写作指南中看到过这样的说法："你的小说应当以一个一句话的段落开头。""在一个故事中，任何一个段落都不应超过四个句子。"诸如此类。这都是一派胡言！这些所谓"规则"的始作俑者大概是分列印刷的期刊——报纸、廉价杂志、《纽约客》——它们必须经常依靠行首空格、巨大的大写字母和换行符号来打破密集的印刷字的晦暗格局。如果在这种期刊上发表作品，要做好被编辑肆意添加空格和回车的准备。但你大可不必在自己的文章里这样做。

还有种"规则"说，段落和句子应当保持简短，它多半来自这样一种作者，他们吹嘘什么"只要写出一行带有文学气息的句子，我立马把它删掉"，然而他们笔下的推理故事和惊险小说却带着一种不事雕琢、寡言少语和大男子主义的风格——一种不自觉的文学上的矫揉造作，如果这也称得上是种风格的话。

突如其来的风刮来了雨
冷风上飘着冷雨

第四章

如咒语般充满力量：语言和结构的重复

记者和学校老师并没有恶意，但他们霸道起来也是致命的。在他们那些怪异而专横的规矩里，有这么一条：禁止同一个词在一页纸上出现两次。于是我们被迫钻进同义词词典，绝望地搜寻牵强的同义词和替代词语。

当你的大脑对自己需要的词语一片空白，或者在你确实该丰富自己的词汇库的时候，同义词词典是个无价之宝——但是一定得谨慎使用。词典上的词语绝不是你自己的词语，它会像鸽群里的火烈鸟一样扎眼，还会影响作品的口吻。"她吃了足够的奶油，足够的糖，足够的茶"跟"她吃了足够的奶油、丰富的糖和充裕的茶水"绝不是同一句话。

如果重复得过于频繁，没来由地强调，就会显得笨拙。

"他正在研究室做研究。他研究的那本书是柏拉图。"要是没有边写边读,你很可能会写出这种回声一样的孩子气的话。偶尔犯这种错误无可厚非。只要找个同义词,或者换个说法,就不难修正它:"他在研究室边读柏拉图边做笔记",当然别的讲法也可以。

但是树立一个规矩,说同一个词不能在一页纸上出现两次,或者断然宣称所有重复都应当避免,也违背了叙事文的本性。词、短语和画面的重复;话语的重复;事件的复现;回声、倒影、变化——从讲民间传说故事的祖母到最复杂精致的小说家,一切叙述者都在运用这些工具,而对它们的熟练运用在很大程度上是一篇文章的力量之所在。

散文不像韵文,它不能押韵、没有和声,不能重复一个拍子。如果你在前半句话押了韵,最好在后半句弱化它。散文的韵律——重复是获得韵律的决定性手段——大都隐而不显,或者模糊不清。它们可以又长又广,包蕴着故事的整个模样,囊括小说里所有事件的进程:庞大到难以看清,就好比你在山路上开车时,看不出山的形状。但山就在那儿。

例 9

《雷獾》("The Thunder Badger")是个神圣的或者说宗

教化的故事，口语化的形式预先把它同诗歌区别开来。这类叙事完全不惧怕重复——重复被公开而频繁地运用，像咒语一样，既塑造了故事的形状，又赋予语言其应有的雄辩与力量。这个派尤特人[1]的故事并非神圣不可冒犯，它只是个寻常的神圣故事。跟大多数故事一样，它只适合在冬天讲述。原谅我在错误的季节讲这个故事。它确实需要大声朗读。

《雷獾》，选自W.L.马斯登（W.L.Marsden）的《俄勒冈州的北派尤特语》（*Northern Paiute Language of Oregon*），原文是逐字逐句翻译的，在这儿我做了少许改动。

他，雷神，因为大地的干燥而震怒，因为不再有潮湿的大地而震怒，他想要大地潮湿，因为水已经干涸。

他，雷神，雨的主子，生活在云层之上。他有霜；他，雷电的术士，有獾一样的外表；雨的术士，他，雷神。他埋头翻刨之后，仰起头望向天空，接着云来了；接着雨来了；接着是大地的诅咒，雷声来了；闪电来了；恶魔开口了。

他，真正的獾，只有他，鼻子上有白色的条纹，正趴在他背上。只有他，只有这獾，这一种獾。他，

---

[1] 派尤特族（Paiute）为北美洲印第安人中的一族，分为南北两支，居于美国西南部。其中北派尤特人居住在加利福尼亚州东北部、内华达州西北部、俄勒冈州东部和爱达荷州南部。

> 雷电的术士，当他这样刨的时候，当他这样抓的时候，是他不喜欢干燥的大地。接着他抬头望向天空，他造出了雨，接着云来了。

不管是在语言上还是结构上，民间传说经常纵情地重复：想想《三只小熊》[1]那奔腾的三和弦吧（欧洲的故事总发生三次，而美洲原住民的民间传说则大多发生四次）。大声读给孩子听的故事会使用大量的重复。吉卜林的《原来如此的故事》（见例1）是运用重复的绝佳范例，重复如同咒语一般，架起文章的结构，而且让你和孩子忍俊不禁。

重复常常带来滑稽的效果。当大卫·科波菲尔第一次听到米考伯先生[2]（Mr. Micawber）说"肯定会出现点什么转机"的时候，大卫和我们大概都不会有什么感觉。然而，当我们发现米考伯先生始终乐天地无视自己的无能为力，整本书都在重复类似的话的时候，它就有些滑稽了。读者等待它，就像等待海顿音乐里重复的乐句，它必将到来，又总让人兴奋。同样地，米考伯先生每重复一次，它的意味就加深一层。它的身量越来越重。滑稽之下的黑暗一点一点地扩展，变得更加黑暗。

---

[1] 即欧洲童话故事《金发姑娘和三只小熊》。
[2] 狄更斯的小说《大卫·科波菲尔》中的一个人物。他无所作为，爱碰运气，老是等待着奇迹出现。

下一个例子里，耀眼的场景给一部漫长、黑暗的小说定下了基调，重复的单词如同咚咚敲打的锤子一样。

例 10

选自查尔斯·狄更斯的《小杜丽》[1]

三十年前的一天，马赛躺在炎炎烈日之下。……马赛的一切和跟马赛有关的一切，都凝视着炽热的天空，天空也凝视着它们，直到凝视成了这儿的一种普遍的习惯。人们局促不安地凝视着陌生人，他们凝视白屋子，凝视白墙，凝视尘土飞扬的干燥道路，凝视山上被炙烤的草木。唯一没有专注地凝视或盯着的东西是被果实坠弯的葡萄藤……普遍的凝视让眼睛酸痛。在遥远的意大利海岸线的方向，薄雾随着海上蒸发的水汽缓缓升起，薄薄的云雾能略微缓解一些不适，但也仅此而已。小路延伸向远方，覆盖着厚厚的尘土，丘陵凝视着它，山谷凝视着它，无穷无尽的平原凝视着它。远远的路边，灰扑扑的葡萄树从一溜农舍中伸出来，干渴的树木沿着大路两侧单调地伸展，投不下一丝影子，在大地和天空的凝视下萎顿地垂着头。

---

[1]《小杜丽》(*Little Dorrit*)，发表于 1855 年—1857 年，是英国作家狄更斯的长篇小说。

当然，重复不局限于词语和句子。结构性重复指的是故事中出现了相似的事件：它们互相呼应着发生，贯穿了整个故事或小说。要说结构性重复的绝佳例子，你可以重读《简·爱》的第一章，边读边思索这本书的其余部分。（如果你还没读过《简·爱》，那就翻开它，然后用你的余生来回味它。）第一章中到处埋着伏笔——它引出的画面和主题会穿过整本书再次回现。比如说，我们初次认识的简是一个羞怯、安静、自尊自爱的孩子，是个冷漠家庭的局外人，在书籍、绘画和自然之中寻求庇护。一个年龄稍长的男孩恃强凌弱，得寸进尺地欺负她，她终于忍无可忍，起身还击。没有人站在她那边，她被锁在楼上一间据说时常闹鬼的屋子里。长大以后，简成了另一个家庭里羞怯的局外人，她忍受着罗切斯特先生的欺侮，最终被迫地站出来反抗，却发现自己完全被孤立了。而这家的楼上确实有一个闹鬼的房间。

许多伟大的小说都在第一章布置大量的材料，这些材料会以这样或那样的方式谱出变奏，在整本书中复现。小说中字词、短语、画面和事件的增量重复（incremental repetition）与音乐结构中再现部和发展部的作用可以说殊途同归。

练习四：一遍一遍再一遍

我没法给出关于"情节"的建议；因为练习不允许给出建议。

第一部分：文字上的重复

写一段叙事文（300字），要求至少有三个名词、动词或形容词的重复（得是读者能注意到的词，不能是"说""是""然后"之类不显眼的词）。

这个练习很适合课上当堂写作。大声朗读的时候，不要告诉别人重复的词语是哪个；看他们能不能听出来。

第二部分：结构性重复

写一篇较短的叙事文（500~1500字），其中包含重复结构，某个讲过的东西被复述，或者做过的事情再次发生，形成一种回应和复现，两者可以放在不同的背景里，放在不同的人身上，或者以不同的规模发生。

如果愿意，你可以写一个完整的故事，当然，写一个叙事片段也未尝不可。

在评价时，你可以把重点放在重复的效用上，看看它们是明显的还是微妙的。

写作之后的思考和讨论：一开始，听到有意去重复词语、结构和事件这个想法时，你是否感到有些不自在？在练习的过程中你是不是变得舒坦自在了？这个练习有没有给你的作品带来某些特殊的语感、体裁或风格，能说出那是什么吗？

我不确定非虚构的作者是如何使用结构性重复的。强行把互不相干的事件挤压到一个重复模式里，是自欺欺人。不过从一生的事件当中归纳一个既定的模式出来，确实是传记作家的目标之一。

到虚构作品和非虚构作品中去寻找结构性重复的例子。对重复、伏笔和呼应在叙事构架和推进上的作用了然于胸，将会大幅提升你对优秀故事的鉴赏能力。

我们完成了旅程，没有屈从于
打开糖果盒的诱惑

第五章

色彩与生机：形容词和副词

　　形容词和副词是好的，丰富且饱含营养。它们带来色彩和生机，使文字鲜活可感。只有在不加考量、过度使用的时候，它们才让文章显得臃肿。

　　当副词所指向的特征能够被动词替代（"他们跑得飞快"="他们赛跑"），或者形容词所指示的特征能够被名词替代（"一声低沉的怒声"="一声低吼"）的时候，文字会变得更干净，更紧张，更生动。

　　那些生性温顺、交谈中和声细语的人，更喜欢使用修饰语，比如"有点""倒不如"，它们常常弱化所修饰的词语。这些词放在对话里无伤大雅，但是一旦落到白纸上，它们就成了吸血的水蛭，得立马揪出来扔掉。一直困扰我的吸血虫有"大概""或许""稍稍"——当然永远永远不能落下的还有"非常"。你或许不如稍稍瞧一眼自己的文字，看看有没有那种你大概非常喜欢的修饰语，或许你大概用得稍稍有点频繁了。

对于一个观点来说，这太短了，而且你还得原谅我拙劣的语言，但我不得不说：形容词和修饰语确实是他妈的混账吸血虫。在对话和内心独白里，像"日落太他妈漂亮了"和"这简单得连他妈的三岁小孩都能看懂"之类的句子是可以接受的，尽管字面上有些不雅观。然而，如果想在叙事文里借用它们达到强调的效果，或者依靠它们注入口语的活力，却只会适得其反。它那削弱、打散和瘫痪文字的能力倒着实让人瞠目结舌。

因为过度使用，有些形容词和副词已经变得苍白无力了。"伟大"很少负得起它理应肩负的重量。"突然"大都来得波澜不惊，只能充当一个引语，一声噪音——"他正沿着马路走。突然瞥见了她。""不知怎的"含混其词，把一个连脑子都不肯转一下的作者暴露在我们面前——"不知怎的，她就是知道……""不知怎的，他们把它发射上了小行星。"你的故事里没有什么是"不知怎的"的。事情之所以发生，是因为你写下来了。负起责任来！

如今，华丽别致的形容词已经是明日黄花，很少让作家们倾心了。但仍有些文体家有意像诗人一样使用形容词：形容词与名词的搭配出人意料，牵强附会，强迫读者停住脚步，思量两者的关系。这类矫饰或许能起作用，但用在叙述里是危险的。你想截住叙事之流吗？这么做值得吗？

我奉劝所有的故事讲述者，当你面对形容词和副词的时候，要时刻保持警醒，仔细掂量和遴选，因为英语语言太博大精深，远远超出了你的想象，而叙述文，尤其当它要走过一段漫长的道路时，需要的是肌肉，而不是脂肪。

练习五：简洁

写一段描述性的叙述文（300~500字），不要使用形容词或副词。不能写对话。

关键在于，要在只使用动词、名词、代词和冠词的前提下，把一个场景或行为写得栩栩如生。

时间副词（Adverb of Time）*（"然后""接着""后来"等等）也许是有必要的，但要谨慎使用。做到简洁明了。

如果你是在工作坊里使用这本书，我建议你回家再完成这个练习，因为它有一定的难度，而且可能需要较长的时间。

如果你正在写一篇很长的文章，你大可以在接下来的一段或一页里尝试做这个练习。

也可以将往日习作中的段落削枝去蔓，使之朴实简约。这会非常有趣。

评价时：首先，完成这个练习本身和你自己对结果的判断是最重要的。在这里那里添加形容词或副词，会提升你的作品吗？还是说没有它们时更让人满意？留意练习所限定的手段和用法，它尤其会影响你对动词的选择以及对明喻和暗喻的使用。

十四五岁的时候，我为自己发明了这个关于简洁的练习，那时我还是个孤单的领航员。我戒不掉巧克力奶昔，却已经写得出一两页不用副词的文字了。在我自己开设的所有工作坊中，这是唯一一个我一直倡导的练习。它拨云见日，简洁明了，而且充满活力。

年老的女人梦到了过去
当她在时间之海中航行

第六章

行动起来：动词的人称和时态

在语言里，动词指出做的是什么，动词的人称（Person）*指出行动者（一个名字或代词），动词的时态（Tense）*指出行动的时间段。某些写作指南会给人这样一种印象：动词能做任何事，行动就是全部。对此我不敢苟同，但也无法否认动词的重要性。而在讲故事时，动词的人称和时态则是重中之重。

动词的人称

除了自传，非虚构作品都要用第三人称来写。如果用第一人称写拿破仑或者芽孢杆菌，那一定是在写小说。

小说叙事的人称多使用第一人称单数（我）和第三人

称单数（她、他），也有少数情况使用第一人称或第三人称复数（我们，他们）。而用第二人称的则非常稀少了。我偶尔看到用第二人称写的故事或小说，总会异常惊讶，仿佛在目睹一件前无古人的事。

十六世纪之前，几乎所有口传的、神圣的和文学的叙事散文都用第三人称叙事。第一人称叙事率先出现在西塞罗书信、中世纪的日记和圣徒的忏悔录里，出现在蒙田和伊拉斯谟的作品和早期的旅行日记里。虚构文学的作家们首先意识到，他们必须用第一人称来正当地展现一个人物。写信时使用"我"是顺理成章的，于是有了书信体小说。而到了十八世纪，第一人称叙事的小说俯拾皆是，以致人们很少再在它身上伤脑筋了，但实际上，不管对于作者还是读者，第一人称叙事都是一个古怪、复杂、人为的虚构过程。"我"是谁？不是作者，因为它是作者虚构出的自我；也不是读者，尽管读者可能会与它产生共鸣。

第三人称叙事依然是最普遍也最自然的模式。作者们描述"他"或者"她"的行动和想法，用起来游刃有余。

第一人称叙事是"有限第三人称"（limited third person）*叙事的始祖。"有限第三人称"是一个文学术语，意思是作家将叙述的视角约束到一个角色身上。作者只能顺着这个角色的感官和情绪来展开，这个角色了解了什么，记住了什么，做了什么猜测。换句话说，它非常类似于第一人称叙事。我会在后面讨论叙述视角的章节探讨这个问题，同"有限的与多元的第三人称"这个同样重要的主题一道讨论。它听起来非常技术化，但确实非常重要。

写一个虚构作品的时候，该用第一人称还是第三人称是个重大的问题。有时候，你完全不必考虑故事要选用哪个人称。但有些时候，以"我"开始的故事卡壳了，这时就应当摆脱第一人称；也有时候，以"他说"或"她去"开始的故事不得不离开第三人称，进入"我"的声音。当一个故事总是逡巡不前或者受到阻滞的时候，也许你就该换换人称了。

扩展阅读

不管有多棘手，第一人称叙事在小说和回忆录里都是再寻常不过的了，要从成千上万个杰出的范例中挑出一本或几本书来，着实令人犯难。不过，我还是强烈推荐你阅读格蕾斯·佩蕾[1]的作品。她笔下的故事避开了第一人称叙事的所有陷阱——故作姿态、利己主义、自我意识和自说自话。它们像是些不事雕琢的小东西——只是一个女人在跟你唠家常，却堪称艺术杰作。

同样的，太多现代故事和小说采用了有限第三人称，

---

[1] 格蕾斯·佩蕾（Grace Paley, 1922—2007），美国作家、诗人。

于是任何推荐都显得武断。但我还是提个建议，读书的时候，留意一下作品中的人称，是否改换过人称，何时换的，是怎么换的。

动词的时态

过去时（她做了，他在那儿待过）和现在时（她做这件事，他在那儿）都能够表达行为的连续性和事件与事件在时间中的关系（那时候，在他开始找工作之前，她一直勉强糊口[1]）。时间上的优先级和先后顺序在过去时中很容易表现，但在现在时中则不那么灵活了，倾向于和当前的时刻挂在一起（在他开始找工作之前，她正勉强糊口[2]）。

抽象的论述总是使用现在时（正如我刚刚写下的这句话）。现在时可以表达无时限的普遍性，哲学家、物理学家、数学家和上帝也都用一般现在时说话。[3]

剧本里的文字看起来是一般现在时，但它们实际上用的是祈使的语气——它们决定接下来银幕上发生什么。"迪

---

[1] She was making a living before he'd even begun looking for a job.
[2] She is making a living before he even begins to look for a job.
[3] 作者注：找个同样权威的例子，人类学家写道："Ussu 崇拜森林中的精灵。"他却忽略了一件事，世界上最后的三个 Ussu 转信了摩门教，成了伐木工——表面上完全价值中立的动词时态却牵扯出了道德问题。"对语言的误用会勾出灵魂的魔鬼。"

克冲简傻笑,开枪。血溅到镜头上。特写:倒在血泊里。"这不是陈述。它告诉现场所有演员、摄像、狗和喷番茄酱的人,他们该做什么。

聊天和交流的时候,我们首先会使用现在时:"一切可好啊?""还好,谢谢。"而一旦开始叙述,我们马上跳进过去时:"发生了什么?""刚才倒车,撞了一辆从停车位倒出来的车。"描述眼前发生的事当然要用现在时:"噢,天哪,着起火来了!"或者"他正穿过五十码线,他现在一往无前!"——或者你的朋友边吃河豚边用推特跟你描述河豚的美味,然后转眼便痛苦地一命呜呼。

几千年来,人们大都用过去时讲述和书写故事,偶尔也会出现一段戏剧化的现在时段落,当时被称作"历史现在时"[1]。而最近这三十年,不管是虚构还是非虚构作品,不少作家只用现在时进行叙述。如今,现在时已经无处不在了,年轻作家也许会觉得这成了约定俗成的规则。一个很年轻的人跟我说:"那些死去的老作家生活在过去,所以他们没法用现在时写作,但我们可以。"光看看它的名字——"现在时",人们就会假设它是关乎现在的,而过去时则指的是很久以前的事。这实在天真得可以。动词的时态与现实中的现

---

[1] 历史现在时(Historical present),或称戏剧现在时、叙事现在时,是指在叙述过去的事件时,使用现在时时态的情况。历史现在时一般用于历史描述(尤其是编年史)、小说、新闻头条及日常对话中。

在或过去无关，时态在很多方面是可以互换的。

需要牢记的是，不管是依靠想象还是基于真实事件，纸上的故事终归只存在于纸上。现在时态和过去时态叙事都是纯粹虚构的。

现在时叙事看起来似乎是目击者的描述，让人们觉得它更"真实"。大多数作者选择它的原因是它"更有即时感"。有些人则挑衅地为它辩护："我们生活在现在，不是过去。"

好吧，生活在现在也许仅仅意味着生活在婴儿的世界里，或者生活在一群记不得久远之事的健忘者中间。但其实，对我们中间的大多数人来说，生活在现在并没有那么简单。活在当下，现实地活在此刻是悟道和冥想的目标之一，人们已经为此做了多年的尝试。大多数时间里，我们人类的头脑中都充斥着各种各样此时此地之外的东西——想想看，开小差神游天外，突然记起什么事，计划做点别的事情，跟某个地方的某个人通电话，给某个人留便条——只有极少数的情况，我们会试着把一切抛到一边，来体会和理解眼前的这个时刻。

在我看来，过去时和现在时的区别不在于不同的即时性，而在于复杂性和适用范围。现在时态下，故事所聚焦的动作必定发生在单一的时间和单一的地点。而过去时则允许叙事在时间和空间中频繁地来回切换。这正是我们大脑日常工作的方式：灵活地四处游走。只有在紧急状况下，它才密切关注眼下发生的事情。于是，现在时态的叙事会设置一种永恒的人为紧急状态，这正是快节奏行动最适合的语气。

过去时态同样可以紧密地聚焦于一处，但它总会在叙事之前和之后给时间留下余裕。它描述的那个时刻是延续的，有自己的过去和未来。

这中间的差别就好比手电筒的狭窄光束同太阳光的差别。前者展示了一个狭小、强烈、被高光点亮的区域，周围一片漆黑；后者则揭开了整个世界。

现在时的有限性会吸引不少作家。它强烈聚焦的光束让作者和读者超然于可见的写作技巧之外。它把距离拉得近在咫尺，像个显微镜，同时忽略所有背景。它修枝去蔓，让故事清晰透彻。对一个发动机总是过热的作家，它也许是个高明的选择。它同样反映了电影（而非剧本）对我们想象的巨大影响。杰出的作家们（其中就有James Tiptree Jr.[1]）曾说，他们在书写时看到了故事的动作，就像电影一样，因此他们的现在时叙事是一种想象中的目击者报告。

现在时叙事的这些限制和含义是值得思考的。

---

[1] 译者注：爱丽丝·布拉德利·谢尔登（Alice Bradley Sheldon, 1915—1987），美国科幻作家，以其自1967年起使用的笔名James Tiptree Jr. 为人所知。

小说家琳恩·莎朗·史瓦茨[1]争辩道，现在时态避开了当时的环境和历史轨迹，草率地声称没有什么是"极度错综复杂的，通过命名对象或堆叠数据，理解不难获得"，况且，"从匆匆一瞥中获知的理解就是我们能够理解的一切"。这种外在性和狭窄的视野也许就是现在时态叙事看起来清晰透彻的原因了——干脆、扁平、不动感情、置身事外，而且因此大同小异。

我怀疑有些作家之所以使用现在时，是因为他们不敢做别的尝试。（可能早年曾经在过去时态上翻过跟头，也不想在下辈子同将来完成时［Future Perfect Tense］*有任何瓜葛。不过他或她更喜欢一切都顺风顺水，避开任何瓜葛。）也许你还搞不清楚各种时态这些五花八门的名字，但别担心。你知道该怎么做。自从你知道应该说"我去了"（"I went"）而不是"我了去"（"I goed"）的时候起，所有一切就已经装在你脑子里了。[2]

---

[1] 琳恩·莎朗·史瓦茨（Lynne Sharon Schwartz, 1939— ）美国作家。著作甚丰，包括诗歌、小说、随笔与童书。

[2] 作者注：在一本书的开头我这样写："打今天开始，很多年以后，这本书中的人们大概会在北加州生活过很长一段时间了。"我想，在这儿，"会"（will）那活跃的语调、渐进的词形变化、潜在的情绪、现在时的时态和第三人称的复数让"生活"的过去不定式（Past Infinitive）发生了扭转。

我有意使用这个华丽而杂糅的措辞方式，以求达到这样一种效果：让读者与我假装循着时间回溯一些虚构的人物，而同时我们又假装他们也许生活在遥远的未来。依靠几种动词形式，能完成所有这些表达。

文字编辑对我恢宏的动词相当仁慈。有个评论家抱怨它佶屈聱牙，难以卒读。其他人则用打趣或尊崇的口气援引它。我至今对它爱不释手。它用最简洁的方式恰到好处地表达了我的意思。这就是动词——以及它所有的情态和时态——之为动词的迷人之处。

如果你一直用现在时写作（和阅读），有些动词形式一定已经在你脑中埋没了良久。重拾自由使用它们的能力，能够拓宽你作为故事讲述者的选择范围。一切艺术都有限制；然而一个只使用特定时态的作家，就像这样一个画家：他面前摆着一整套油画颜料，却只用粉色。

我的总体观点可以这么总结：这个时代，现在时风靡一时；但是如果你并不觉得用它得心应手，不要强迫自己硬来。对于某些人和某些故事，它确实是个不错的选择，但对其他人则不然。选择至关重要，而且这完全取决于你。

关于"脚踏两只船"

"脚踏两只船"几乎可以称为规则，但我不会这么做，因为优秀而细心的作家会把所有的"写作规则"敲成碎片。因此我称它为"大概率情形"。

如果在叙事中，你一直在切换时态，比如在过去时和现在时之间来回跳跃，又不做任何标识（加一个换行符、一个装饰符号*［Dingbat］，或者开辟一个新章节），你的读者很可能会晕头转向，搞不清楚发生了什么，什么又正在发生，谁先谁后，现在他停在了什么地方。

这种令人困惑的情形甚至会发生在作者有意切换时态的作品中。当作者们没有意识到自己在做什么的时候，当他们对笔下的时态完全没有意识，听任其从现在跳到过去再跳回现在的时候，读者很可能理解不了发生了什么，更有甚者，读者可能会头晕、愠怒，最终对故事无动于衷。

下面这个简短的段落来自一篇当代小说。为了不让作者难堪，我改动了其中的名字和动作，模糊了故事场景，但百分百地再现了句法、动词的数目和人称。

> 他们俩都进来（come in）点咖啡。我们听到詹妮丝斯在隔壁房间看电视。我注意到了（noticed）汤姆有个黑眼圈，昨晚我还没看见。"你出去了？"我说。
>
> 汤姆坐下（sits down），闷声不响。亚历克斯说："我俩都出去了。"
>
> 我没说话，喝完了（drank）两杯咖啡。

读完这段话，谁会注意不到它在短短六个句子里换了三次时态？（准确地说，它切换了五次，因为"我还没看见"["I didn't see"]涉及一个早于现在的时间，但它却是以过去时的面目出现的，按常理，这个句子应当用过去完成时才对，即写作"I hadn't seen"。）这种贯通全篇的不一致能给叙事带来任何艺术效果吗？我甚至不敢相信这个作者有这方面的意识。这实在是件难以启齿的事。

在文字叙述中变换时态绝不是件小事。它事关重大，就如同改变观点人物（Viewpoint Character）*一样。不能随意行事。你可以做得让人难以察觉，润物无声，但前提是，你要知道自己在做什么。

所以，如果在叙事的中途改换时态，一定要确保你对自己的做法心知肚明，知道为什么这么做。如果你这么做了，一定得确保读者能毫不费力地跟上故事，别把他们抛下不管，就像"企业号"上无助的船员，他们只有依靠十倍曲速航行才能摆脱暂时的异常状态。

关于被动语态的意见书

在第二章第 19 页探讨"假冒规则"的时候，我引入过这个主题。许多动词都有一个主动语态和一个被动语态。变更语态，就倒转了动词的主体和客体。主动语态：她把他打了。被动语态：他被她打了。

被动结构——正如现在正被你阅读的这句话——在学术论文和商业信函里，被使用得过于泛滥了。那些付出努力，减少使用被动语态的人会被讲英语的人所称赞。（好，现在把上面这段话用主动语态复述一遍！）

太多人整日嚷嚷着"永远不能使用被动语态"，却甚至不知道被动语态是什么。不少人把它同动词"to be"混淆在一起，语法学家们亲密地称"to be"为"系词"，它甚至根本没有被动语态。而那帮人却一直没完没了地告诉我们，别用"to be"！没错，是有很多比它更准确也更色彩斑斓的词，但是请问，如果没有它，哈姆雷特如何开始他的独白，耶和华又如何创造光[1]？

"有一个提议说，议案不如被拿到委员会去讨论讨论。"被动语态。

"布朗先生提议由委员会绞死主席。"主动语态。

人们经常使用被动语态，因为它显得礼貌，不露锋芒，它近乎完美地使一些想法看起来毫无攻击性，像是没有人特地去想，也没有人特地去做，因而也没有人应当负责任。想要担起责任的作家则对它持谨慎态度。怯懦的作家说："此在[2]（Being）是经由推理而显现的，这被人们广泛地接受了。"而勇敢的作家说："我思，故我在。"

如果你的文风因为长时间暴露在学术行话、科学术语和"商务英语"之下而被严重腐蚀，你也许就该为被动语态发愁了。不要让它在不属于它的地方生根。如果这业已发生，必要时不要手软，斩草除根。而在属于它的地方，就要收放自如地使用它。它能协助彰显动词那可爱的多样性。

---

[1] 指"神说，要有光，就有了光（创1:3）"这一句。但在新国际版圣经（NIV）和其他的多个版本中，这一句的英文中没有"to be"。英文如下："God said, 'Let there be light', and there was light."。

[2] 这里将 Being 翻译成海德格尔的概念"此在（Dasein）"，以图更接近文意。"此在"是对自身的存在有所领会的存在者，以在世的展开状态中领会存在本身。简单地说，是正在生成、每时每刻都在超越自己的存在者。

例子：请见 85 页的例 12

在下一章的几个例子中，有一个选自查尔斯·狄更斯的《荒凉山庄》(*Bleak House*)，把它放在这一章，也同样适用，因为它戏剧性地展现了如何在叙事中改换人称和时态。自然，狄更斯不会"脚踏两只船"，让我们晕头转向——笔下的时态是什么，为何要用，用在何时，他一清二楚，不过，他也时常做一些冒险。在整本书里，他来回切换时态——刚刚还是第三人称现在时，下一章就成了第一人称过去时。而即便在狄更斯的手里，这种切换有时也显得笨拙。不过看看它何时起作用，何时失效，比较其不同的效用，也是相当有趣的。也是从它身上，我第一次有了这个想法：现在时叙事能够拉进聚焦，同时保持情感的间离（Affect）*，而过去时的叙述则更容易营造连续、多样而深入的体验。

下面的练习旨在展示人称和时态的变化会带来什么样的改变。

练习六：上岁数的女人

篇幅在一页纸左右，尽量简短，不要铺得太开，因为你需要把一个故事写两遍。

主题如下：一个上岁数的女人一边忙着做事情——洗

碗，做园艺，或者修订一篇数学博士的学位论文，什么都可以——一边回想着一件年轻时发生过的事。你将在两个时间之间做交叉剪接。"现在"是她手头的活计，"过去"是记忆里年轻时发生的事情。你的叙述将会在"现在"和"过去"之间来回穿行。至少做两次这样的时间跳跃和运动。

版本一：人称：选择第一人称（我）或者第三人称（她）。时态：通篇使用过去时或者通篇使用现在时。把她头脑中"现在"和"过去"之间的切换明确地展现给读者——不要让他们困惑——但尽可能地做得细致微妙。

版本二：写一个相同的故事。人称：使用你在上一个版本中没有用过的人称。时态：(a)"现在"用现在时，"过去"用过去时；(b)"过去"用现在时，"现在"用过去时。

不必让两个版本的行文保持一致。绝不可以仅仅在电脑上浏览一遍，只是换换代词，改改动词后缀。要从头重写一遍！切换人称和时态会带来一些行文、叙述口气和整体感觉的变化，而这恰恰是做这个练习的目的。

附加选项：如果你想要继续尝试其他的人称/时态，尽管放手去做。

评价：思考一下，在做时间切换时，你是轻松还是笨拙；你选择的时态与笔下的材料是否相合；哪一种代词、哪一组时态组合最与这个故事相配；两个版本的差别大不大，最明显的差别在哪儿。

写作之后的思考和讨论：哪个对你来说更轻松，过去时还是现在时？第一人称还是第三人称？为什么？

在阅读叙事文时，特别留意一下动词的人称和时态，这会对你有所助益，看看作者是怎么用的，为什么这样用，他的技巧如何，收到了什么样的效果，他做不做时态切换，做得是否频繁，他在什么时候做切换。

我看到他迷失在记忆里,像一只
在自己的倒影中漂流的船

第七章
讲故事的人:视角和口吻

视角是表征故事讲述者是谁及讲述者与故事之关系的术语。

在故事中,这个讲述者被称作观点人物。当然还有一种可能,这个人就是作者本人。

口吻是评论家在讨论叙事文时经常使用的一个词。它是比喻性的,因为除非出声朗读,纸上的东西总是沉默不语。很多时候,口吻是"原真性"(Authenticity)的另一种讲法(用你自己的口吻去写,抓住一个人物真实的口吻,诸如此类)。而我则纯粹且务实地用它来指讲述故事的那些声音,叙事的口吻。在这本书里,在这里,我会把口吻和视角当作彼此交融、相互依赖的统一体来看待。

主要的视角

我尝试用下面的文字来定义和阐述五种主要的叙述视角。每种视角都有一个对应的例子：一个以相应视角讲述的段落。它们来自一个不存在的故事《谢弗里德公主》（*Princess Sefrid*）。每个例子的故事是相同的，同样的人，同样的场景。变化的只是视角。

关于"可靠的讲述者"的笔记

在自传和回忆录——或任何一种非虚构叙事中，"我"（不管作者用不用这个词）就是作者。在这些体裁中，我们一般会期待作者或叙事者是可靠的：希望他诚实地告诉我们他认为发生了什么——不去虚构，只是讲述。

诚实地描述事实困难重重，不少人望而却步，并以困难为由，为虚构事实的行为做辩护。有些非虚构作者要求获得跟小说家一样的虚构特权，故意更改事实，以便呈现一个"真相"（truth），而非仅仅呈现发生了什么。我所尊敬的那些回忆录和非虚构作者都明白，彻彻底底的真实是不可能的，他们会以特殊的角度与真实扭打，但从不以此为借口说谎。

即使有自传性质或者是忏悔自白，只要是小说，虚构就是天经地义的。在过去，第一人称也好，第三人称也罢，严肃小说（Serious Fiction）中的大多数叙事者都曾经是值得信赖的。而到了我们这个善变的时代，人们更青睐那些或有意或无意篡改事实的"不可靠的叙事者"。

他们的动机与那些不诚实的非虚构作者完全不同。不靠谱的虚构文体叙事者会掩盖和扭曲事实，会错误地描述或解释一个事件，而这时候，他又总能引导我们透过事实，看到他（也可能是我们自己）身上的某些东西。作者让我们去看、去猜测"真正"发生的是什么，借这个窗口，我们读者得以了解其他人如何看这个世界及他们（和我们）为何会那样看待它。

一个众所周知的"半可靠"的叙事者是赫克·芬。赫克是个实在人，但他错误地转述了很多他看到的东西。比如说，他从来没有搞明白，吉姆是世界上唯一一个爱他、尊重他的成年人，也从来没有真正明白，他自己也爱并尊重着吉姆。这些他搞不明白的感情给我们展示了一个关于世界的惊人事实，他和吉姆——以及我们——所生活的那个世界。

如果跟其他观点人物相比较，"谢弗里德公主"还是相当可靠的。

第一人称

在第一人称叙事里，观点人物是"我"。"我"讲述这个故事，而且完全参与其中。只有"我"的所知、所感、所见、所想，我的猜测、希望、记忆等等这些可以被讲述。读者只能通过我的眼睛和耳朵、从我口中的话了解其他人的品行，推断其他人的感受。

谢弗里德公主：第一人称叙事

走进这间满是陌生人的房间时，我感到陌生和孤独，恨不得马上转身跑开，但罗萨就在我身后，我不得不硬着头皮往前走。人们跟我搭讪，问罗萨我的名字。我脑中一团混乱，分不清谁是谁，听不懂他们说什么，只好随意敷衍。忽然间，我在人群中瞥见一个女人，她直直地看着我，眼中满是善意，我想走近她。看上去，她是那种可以谈心的人。

有限第三人称

观点人物是"他"或"她"。"他"或"她"讲述这个故事，而且完全参与其中。只有观点人物的所知、所感、所见、所想，他（她）的猜测、希望、记忆，等等这些可以被讲述。读者只能通过观点人物的眼睛和耳朵、从观点人物所说的话了解其他人的品行，推断其他人的感受。这种限定于一人的视角可能会贯穿整本书，也可能会从一个观点人物切换到另一个。这种切换一般会以某种方式表现出来，而且通常不会发生在很短的篇幅里。

技术上讲，有限第三人称与第一人称并无二致。它们本质上的限制是相同的：除了叙事者看到、了解和讲出的那些，你不会看到、了解或者听到任何东西。这种限制集中了声音，传达了一种表面上的真诚。

似乎只要在电脑上换一下代词，改一下动词后缀，就能轻轻松松地把叙事从第一人称切换到有限第三人称。但它没那么简单。第一人称与有限第三人称有着不同的口吻。读者与那个口吻之间的关系是不同的，因为作者与它的关系本来就迥然有别。成为"我"不同于成为"他"或"她"。从长远来看，不管对作者还是读者，它所需的创造性能量是不同的。

顺道提一句，没有人会担保有限第三人称的叙事者是可靠的。

意识流（Stream of consciousness）*是有限第三人称的一种特殊的内向的形式。

谢弗里德公主：有限第三人称

走进这个满是陌生人的房间，谢弗里德感到孤立，觉得自己太显眼。她恨不得立马转过身去，跑回自己的房间，但罗萨就在她身后，她不得不往前走。人们跟她搭话。他们找罗萨问她叫什么。她心里一团乱麻,分不清面前摇来晃去的面孔,也听不懂人们跟她说些什么。她只好随意敷衍。蓦地,她瞥到一个女人热切而善良的目光,穿过层层人群望着她,那一瞬间,谢弗里德想穿过整个房间,去跟她攀谈。

介入作者("全知作者")

故事并不是由某一个人物讲述的。也许会有许多观点人物,叙事口吻可能会在故事中的任何时刻切换,或者出现只可能来自作者本人的观点、看法、分析或预言(比如勾勒一个跟任何人都不接触的人,或者描写一个没有人去过的景点或房间)。作者也许会告诉我们所有人的想法和感受,解释他们的行为,甚至站出来臧否人物。

这是讲故事的人常见的口吻,他对所有人物的位置、他们身上发生的一切都了如指掌,他了解人物的内心活动,知道什么发生了,什么即将发生。

所有的神话、传奇和民间传说,所有的儿童故事,1915年之前几乎所有的小说和那之后的无数小说,用的都是这种口吻。

我不喜欢"全知作者"(Omniscient Author)这个平平常常的称呼,因为从中听得出轻蔑的口气。我更喜欢"介入作者"(Involved Author)。有时候我也用"作者叙事"这个中性的说法。

有限第三人称是现代小说主要的叙事口吻——某种程度上，这是对喜好和滥用介入作者的维多利亚时代的一种回应。

介入作者对视角的操纵最为公开和明显。叙事者对整个故事了然于胸，知道哪里重要，最值得讲，而且，他的声音深深地浸入每一个角色中，我们不能简单地将这斥之为老套过时而撂到一边。它不仅是最古老、应用最广泛的叙事语调，而且也是最多样、最灵活、最复杂的视角——在这一点上，也许对作者来说它难度最大。

谢弗里德公主：介入作者（"全知作者"）

这个图法（Tufarian）女孩犹犹豫豫地走进房间，夹着胳膊，支着肩膀；看上去满面惊慌，又带着点漠然，像一个被困住的动物。赫米安引她进来，在介绍她时，他恭维地称呼她"谢弗里德公主"或者"图法公主"。人们纷纷凑过来，想认识认识她，或者只为瞧她一眼。她忍受着他们，偶尔抬起头，回应他们空洞的问题，声音细得几乎听不见。即便在这拥挤喧嚷的人群中，她也营造了一个空间，一个让她独立自处的空间。没有人碰她。他们没有察觉到自己在下意识地拒绝她，而她意识到了。在孤寂中，她抬起头，触到一个并不好奇，但却开放、热情和怜悯的目光——那个眼神穿过茫茫的陌生人群，在跟她说："我是你的朋友。"

客观作者（"窥探者""摄影机眼""客观叙述"）

没有观点人物。叙事者不是故事中的一个人物，只是一个中立的观察者（一只趴在墙上的智慧苍蝇），他所叙述的，只是从人物的言谈举止中所做的推断。作者从不进入人物的内心。人物和地点或许会被精确地描述，但价值和判断只能被间接地暗示出来。这种叙事口吻在1900年前后，在"极简主义"和"原创小说"中曾风靡一时，它很少公开操纵观点视角，但操纵又无处不在。

如果你在寻找跟自己心有灵犀的读者，这是个绝佳的练习。刚涉足写作时，我们会希望读者的反应同我们的反应一样——他会因为我们流泪而流泪。但这还不成熟，并没有同读者搭建起一种文学艺术上的联系。如果你能用冷静的口吻打动读者，才算是登堂入室了。

谢弗里德公主：客观作者（"窥探者""摄影机眼""客观叙述"）

图法的公主走进了房间，后面紧跟着赫姆的大块头。她步子拖得长长的，夹着胳膊，支着肩膀。头发厚厚的，紧紧地卷曲着。她站着一动不动，赫姆人介绍说，她是图法的谢弗里德公主。人们围上来，盯着她看，好奇地打听，她没有跟任何眼神接触。没有一个人试着碰触她。她简短地回答了每一个问题。

餐桌旁一个老妇人跟她交换了短暂的一瞥。

"观察者-叙事者"，使用第一人称

叙事者是人物之一，但不是主要人物——他出现了，却不是事件中的重要角色。与第一人称叙事的不同在于，叙事者讲述的并不是关于自己的故事。这是叙事者目睹后讲给我们的故事。虚构和非虚构作品都使用这种口吻。

谢弗里德公主：第一人称的"观察者-叙事者"

她穿了一身图法服装，我已经很久没有见过这样厚重的红色长袍了；她的头发支棱着，像风暴中的云一样，缠绕着黝黑、窄小的脸颊。她被赫姆人奴隶主罗萨推搡着，看起来渺小、恐惧；她缩成一团，但仍维护着一小块属于自己的空间。她是个囚徒，是个放逐者，但是，在她年轻的脸上，我看到了她的民族的骄傲和善良，我很想跟她聊聊。

"观察者-叙事者"，使用第三人称

这种视角只出现在虚构作品中。策略同上一种视角大同小异。观点人物是一个有限第三人称的叙事者，他见证了整个事件。

叙事的不可靠性复杂而微妙地带出了叙事人物，让我们知道"观察者－叙事者"并非故事的主角，于是读者可以大胆地假设，不管在第一人称还是第三人称下，这个观点人物都是同样可靠的，至少也同样是透明的。

谢弗里德公主：第三人称的"观察者－叙事者"

> 她穿着图法的服装，那件厚重的长袍安娜已经十五年没见过了。她被赫姆人奴隶主罗萨推搡着，看起来渺小、畏惧；她缩成一团，但仍维持着一块属于自己的空间。她是个囚徒，是个放逐者，但是，在她年轻的脸上，安娜看到了图法人身上的骄傲和善良，她很想同她聊聊。

扩展阅读

扎进故事集里，或者从书架上搬下一堆小说（时间跨度越大越好），辨别出其中的观点人物和叙事视角。留意是否有切换视角，如果有，切换得有多频繁。

关于视角切换的思考

我准备深入探讨每一个细节，因为我发现在工作坊习作中（已及经常在出版物里），最常见的问题就出现在对视角的处理上：视角转换的连续性和发生频率。

当作者开始跟读者解释简阿姨在思考什么、弗莱德叔叔为何吞下金属扣的时候，这个问题就摆在他面前了，即使他写的是非虚构作品。回忆录作者必须明确地指出，简阿姨的想法和弗莱德叔叔的动机并不是已知的事实，而是作者的猜测、观点或者个人理解。回忆录不能无所不知，无所不能。

在虚构作品里，视角的不连续是个非常常见的问题。必须有意识地、技巧娴熟地处理它，否则频繁的视角切换会让读者摸不着头脑，在互不相容的身份间来回碰壁，混淆情绪，歪曲整个故事。

在上述五种视角中做任何转换都是危险的。从第一人称到第三人称，或者从介入作者到"观察者 – 叙事者"，都意味着口吻的重大变化。这些转换会影响整个作品的语气和叙事结构。

在有限第三人称的范围内转换——从一个人物到另一个，需要同样的警觉和谨慎。在转换观点人物时，作者必须有转换的理由，对笔下的一切心知肚明，让文字尽在掌握中。

我想把最后的两个段落重新写一遍，但这有点唐突。我能请你把它们重新读一遍吗？

视角练习是为了让你暂时对视角聚焦有高度敏感的意

识，从而在今后总能习惯性地意识到自己用的是什么视角，何时转换以及如何转换。

目前，有限第三人称在小说作者中应用最广泛，第一人称则更受回忆录作者青睐。但我却认为，所有人都应该尝试一下其他的可能。

小说作者习惯用他人的口吻写作，成为他人的自我。回忆录作者则不然。在事实性叙事（Factual Narrative）中使用有限第三人称，假装自己知道一个真实人物的想法和感觉，这是一种冒犯。而假装自己知道一个虚构人物的想法和感觉，就无可非议了。所以，在练习时，我建议回忆录作者们套用"无耻的"小说作家们的方式，创造一个故事，编造一干人物，享受这种感觉。

练习七：视角

营造一个场景，写一个300~450字的叙事片段。写什么都可以，但必须要有几个人，在做一些事。（几个指两个以上。三个以上更好。）不必非要写大事、重要的事，当然写了也无可厚非；但是必须有事件发生，即使它只是超市里购物车的纠纷、饭桌上家务分工引发的口角，或者一个小型的交通事故。

在这些视角练习中，请尽量少用或不用对话。当人物开口说话时，他们的声音会遮掩视角，盖过视角的口吻，而探索视角的口吻恰恰是练习的目的。

第一部分：两种口吻
第一种：用单一的视角讲一个小故事，叙事者是事件的参与者——一个老人、一个孩子、一只猫，只要你喜欢，谁都可以。使用有限第三人称。
第二种：用另一个事件参与者的视角重讲一遍这个故事。同样地，使用有限第三人称。

在我们进入下一部分练习之前，如果你觉得场景、情境或故事干涸了，就按同样的要求再发明一个新的出来。而如果在不同的口吻下，你最初的素材不断展露出新的面相和可能性，那就继续挖掘更多的可能。这将是完成这个练习最有效而且有益的方式。

第二部分：客观叙事者
用客观作者或"窥探者"的视角讲述同一个故事。

第三部分：观察者－叙事者
在最初的版本里，如果不存在一个站在一旁观察却没有参与事件的人，那现在就加入一个这样的人物。以这个人物的视角讲述同样的故事，使用第一或第三人称。

第四部分：介入作者

用介入作者的视角讲述同样的故事，或者讲述一个新的故事。

第四部分需要你展开，篇幅扩充至一到两页，1500字左右。你会发现，故事需要一个背景，需要铺展前因后果。客观作者尽可能少地占据空间，而介入作者则需要相当可观的时间和空间来施展拳脚。

如果你最初的故事跟这个口吻格格不入，那就找一个你想讲述，而且能在感情和道德上让自己全情投入的故事。我并不是说它必须是真实发生的事（如果真是这样，你就会面临摆脱自传模式进入虚构的介入作者模式的麻烦），也不是要你用故事去说教，我想说的是，这个故事里必须有什么东西与你相关。

~~~~~~~~~~~~~~~~~~~~~~

不少作者为如何表现人物未曾言明的想法而困扰。如果你放手不管，编辑很可能会把人物的想法排成斜体字。

直接呈现想法的处理方法与处理对话别无二致：

"天哪，"简阿姨想，"他在吃金属扣！"

不过，在表现人物的想法时，没有必要用引号，而斜体字和任何印刷设计都有过分强调之嫌。能清楚表明这是某个人头脑中的活动，就足够了。其方法多种多样。

听到吉姆的吼声，简阿姨明白，弗莱德终究还是吞下了金属扣。

　　我知道他会再次吞下那颗金属扣的，简在分拣纽扣时对自己说。

　　噢，简暗想，我真盼着这个老混球冲过来把那颗金属扣吞下去！

在评价这些练习及在后续的思考与讨论当中，某些口吻和视角也许会大放异彩，脱颖而出，对它们进行研究和探讨将会非常有趣。

过些时候，也许你会想重做其中的某些练习，把这些指导用在不同的故事上，或者把练习重新组合。视角和叙事口吻的选择会让故事的色调、效果甚至意义变得截然不同。作者经常发现，如果没有找到正确的叙事者，他们想讲的故事会踟蹰不前，没法顺利推进——不管让他纠结的是第一还是第三人称，是介入作者还是有限第三人称叙事，是参与者叙事还是旁观者叙事，是单人叙事还是多人叙事。接下来的可选练习大概可以帮助大家了解选择的多样性和正确甄选的必要性。

针对练习七的可选附加练习

讲一个不同的故事，两个版本都使用第一人称，而非有限第三人称。

用两种方式描述同一场事故：首先用客观模式，新闻报道的口吻，然后换成一个被卷入事故者的视角。

如果你对哪个模式或者口吻不是特别中意，也许你恰恰需要再尝试一次，就当是为找出不中意的地方好了。（相信只要尝一次，你就会爱上你的木薯的，亲爱的。）

全知视角已是明日黄花，如今，面对一个无所不知的叙事者，有些读者也会感到难以适应，因此，我觉得有必要举几个介入作者视角叙事的例子。

下面的例子里，有两篇是维多利亚时代的作品，它们拥有不知羞耻的介入作者所独具的超常活力。这段文字选自《汤姆叔叔的小屋》，描述的是奴隶伊丽莎（Eliza）听说自己的孩子即将被贩卖，于是她夺门而逃。

例 11

选自哈丽叶特·比切·斯托的《汤姆叔叔的小屋》

　　结霜的地面在脚下吱吱作响,这些声音让她发抖;每一片晃动的叶子和震颤的树影,都让她的心提到嗓子眼,让她加快步伐。她自己都不知道这是哪里来的力量;怀里的孩子仿佛羽毛般轻若无物,每一次惊吓似乎都增强了她身上超自然的力量,她颤抖着苍白的嘴唇,喃喃地向上苍祈祷:"主啊,救命!主啊,救救我!"

　　母亲啊,如果这是你的哈里,或你的威利,明天早上他就要被凶残的奴隶贩子抢走——如果你已经看见了那个人,听到契约已经签字递交了,而你只有午夜至凌晨这段时间可以逃跑——那么,你会走得多快呢?在这短短几个小时里,怀中抱着你的小宝贝——沉睡的小脑袋趴在你的肩头——那柔软的小胳膊安心地抱着你的脖子——这时候,你能跑多少英里呢?

这个场景的力量当然是渐次累积的,但即使在这个片段里,我也能看到作者突然转身面向读者,边走边瞠目结舌地问——"你会走多快呢?"

例 12 是狄更斯《荒凉山庄》前三章每章开头的几页。前两章是介入作者的口吻,现在时;第三章则是第一人称,过去时,叙事者是小说中的人物艾瑟·萨默森[1]。这些章节采用的视角转换方式非同寻常,我以后会细细探讨。

例 12

选自查尔斯·狄更斯的《荒凉山庄》

第一章 大法官法庭

伦敦。米迦勒节开庭期刚刚过去,大法官坐在林肯法学协会大厅里。桀骜不驯的十一月天气。道路泥泞不堪,仿佛洪水刚刚从地上退去,如果这时撞见一只四十多英尺长的巨齿龙,像巨大的蜥蜴般晃晃悠悠地爬上荷尔蓬山,那也不足为奇。天上下着又轻又黑的毛毛雨,煤烟从烟囱帽底徐徐飘来,夹杂着鹅毛雪片大小的煤灰,人们或许会以为,这是在为太阳的死致哀。狗,跟泥潭成了一个颜色。马也好不到哪里去;眼罩都溅上了泥浆。行人用伞推推搡搡,都被天气坏了脾气,走到路口,站也站不稳,从天刚破晓(如果今天有过"破晓"的话)到现在,成千上万人在这里滑倒、跌跤,给一层层泥浆添上新的淤积物,泥浆牢牢地粘在人行道上,越积越多。

到处是雾。雾溯河而上,穿过绿色的小岛和草

---

[1] 艾瑟·萨默森(Esther Summerson),小说《荒凉山庄》的主人公。她原是一名孤儿,后来受约翰·詹狄士先生监护。她的身世之谜是小说中的主要线索之一。

地；雾沿河而下，卷过成排的货船，碾过水边这座巨大（和肮脏）的城市污染物。

雾笼罩着埃塞克斯的沼泽；笼罩着肯特的高地。雾爬进煤船的厨房；雾静卧在院子里，徘徊在大船的绳索上；雾低垂在驳船和小艇的舷上。雾飘到格林尼治收容所那些靠养老金过活、煨在火炉边呼呼喘气的老人的眼睛和喉咙里；雾钻进关闭的隔间，混进生闷气的船长午后抽的那袋烟的烟管和烟斗里；雾残忍地折磨着甲板上瑟瑟发抖的小学徒的手指和脚趾。那些在桥上路过的人，偶尔凭着栏杆，向茫茫的雾天窥视，四周迷雾腾腾，恍如乘着气球，飘浮在朦胧的阴云里。

大街上，煤气灯的光晕若隐若现，很像庄稼人和农家孩子在清早看到的那个曚昽的太阳。大多数店铺提前两个钟头就开了灯——仿佛煤气灯也知道这一点，它看起来憔悴又不情不愿。

下午的天气阴冷得不能再阴冷，大雾浓稠得不能再浓稠，道路也泥泞得不能再泥泞，在一个古老的铅灰色遮断物附近，是铅灰色的古老协会的气派装饰——圣堂石门。而紧挨着圣堂石门，在林肯法学协会大厅里，浓雾的最深处，大法官坐在他的大法官庭里。

第二章 上流社会

德洛克夫人准备去巴黎待几周，在去巴黎之前，她回镇上的房子住了几天；那之后，就没有她的确切行踪了。时髦消息的百事通这么说，是为了安抚那些巴黎人，他知道所有时髦的消息。如果不是这样，他就愧对"时髦"这个称呼了。在跟熟人聊天的时候，德洛克夫人说她去过她林肯郡的"宅邸"。那里洪水泛滥。园子里一座桥的桥洞被冲垮，而且被冲走了。附近地势比较低的地方，成了宽约半英里的死水河，萧萧的树木成了河中的小岛，水面被雨水整日击打得千疮百孔。德洛克夫人的"宅邸"十分凄凉。多少个昼夜，阴雨连绵，树木看上去已经湿透了，树枝在樵夫的斧头下掉落时，甚至没有什么咔嚓声或爆裂声。湿漉漉的野鹿踏足过的地方，留下了一个个泥潭。

潮湿的空气里，来福枪的子弹没有了尖锐的啸声，枪口的硝烟像一小朵缓缓移动的云，飘向青青的山岗，岗上灌木丛生，成了瓢泼大雨远处静谧的背景。从德洛克夫人的窗口望出去，一片铅灰色，像是晕开的印度墨水。台阶上的花瓶整日接着雨水，大滴大滴的雨落下来，嘀咚、嘀咚、嘀咚，落在宽阔的石板路上，彻夜不停，很早以前，这条路就叫作"鬼路"了。礼拜天，园子里的小教堂散发着一股发霉的气味，橡木讲坛沁出了冷汗；四处都弥漫着古老的德洛克家族坟墓中的气息。德洛克夫人无儿无女，临近傍晚，她从卧室的窗口往守门人的小屋眺望，看到窗户的格子间漏出灯光，炊烟从烟囱里袅袅升起，一个小孩跑进雨里,迎向一个正走进大门的男人,这人裹得严严实实的,闪着亮光,小孩后面紧追着个女人,这一切,让德洛克夫人大为光火。德洛克夫人说,她已经"无聊得要死"了。

于是,德洛克夫人离开林肯郡的宅邸,把它丢给肆虐的雨,丢给乌鸦、兔子、鹿、鹧鸪和野鸡。当管家穿过古旧的房间,关上百叶窗的时候,德洛克家族先人的画像似乎在潮湿的墙面上消失了,只留下消沉的微弱气息。至于这些画像何时能够再次出现,那些百事通们就不好说了——他们这些魔鬼,对过去和现在无所不知,却看不到未来。

雷斯特·德洛克先生只是个准男爵,但没有哪个准男爵能比得上他。他的家族像这里的山丘一样古老,而且拥有更加久远和崇高的名望。他有一个总的看法,世界上可以没有山丘,但不能没有德洛克家族。总的来说,他承认"大自然"是个不错的东西(不过如果没有被栅栏围起来的话,还是有点浅俗),但前提是得有他这个名门望族的帮衬。他是一个严于律己的绅士,鄙弃一切渺小和卑鄙龌龊的事,他宁愿接受你最细微的暗示,如你所愿地去死,也不愿落下把柄,留下任何被人指摘的机会。他是个高贵又固执、诚实又意气风发的,成见极深、完全不可理喻的人。

第三章　人生历程

准备提笔写下自己的时候，我着实感到犯难。因为我知道，自己并不聪明。我一向有这点自知之明。记得还是个小女孩的时候，在和我的洋娃娃独处时，我对她说："好了，多莉，你知道的，我不聪明，所以一定对我耐心一点，乖乖的哦。"每当我一边忙着手里的针线活，一边告诉她我的每一个秘密，她就在大扶手椅子里坐得直直的，扬着脸蛋，张着玫瑰色的嘴唇，盯着我——现在想来，也许没有完全盯着我，只是漫无目的地看着吧。

亲爱的洋娃娃！我生性胆小，轻易不敢张口，也从不向别人敞开心扉。想到这对那时的我来说是多大的安慰，我简直要哭了。每当我放学回家，就赶快跑上楼，回到自己的房间，说："啊，亲爱的洋娃娃，我知道你在等我！"然后坐在地上，靠着她的大椅子的扶手，告诉她所有我们分开以后发生的事。我有一套观察的方法——不是说我目光敏锐，绝不是！——我会静静地观察眼前的一切，希望自己能更深入地了解这些东西。无论怎么说，我都不是个聪明的人。不过当我深深地爱上一个人的时候，头脑似乎就活跃起来了。

然而就连这一点，我大概也言过其实了。

打从能记事的时候起，我就由教母抚养——就像童话故事里的什么公主那样，只是我没有那么漂亮。

那时我只认识她一个人。她是个非常非常好的人！在礼拜日，她会去三次教堂，星期三和星期五，她会去早祷，只要有讲座，她就去听；一次不落。她端庄大方；笑起来的时候，（我那时候想）一定会像天使一样——不过她从来没有笑过。她向来严肃地板着脸。我想，她一定是个非常高尚的人，所以看不惯别人的过错，一辈子皱着眉头。就算说有小孩和成年人的差别，我仍感到自己跟她是如此的不同，我感到自己是如此的浅薄、卑微，跟她如此遥远，我从来不能无拘无束地跟她相处——不，我甚至不能如我所愿地爱她。想到她是多么善良，而我又有多么配不上她，我曾经热切地期望自己有一颗更善良的心；我经常跟我可爱的老洋娃娃这么讲；然而，我从未对她付出我应当付出的感情，如果我是一个更好的女孩，我一定会爱她的。

例13，《指环王》的一个片段，惊鸿一瞥地展现了介入作者所能达到的宽广视野，这段文字中潜入了一只路过的狐狸的视角。这只狐狸"对一切一无所知"，我们也对这只狐狸的一切一无所知；然而，他在彼时彼刻警觉而活跃地出现在那儿，为我们见证了一场伟大冒险的晦暗的开始。

例 13

选自 J.R.R. 托尔金的《指环王》

"我困得要命,"他说,"眼瞅着就要倒在路上了。你打算睡在自己腿上吗?都快半夜了。"

"我还以为你喜欢走夜路呢,"弗罗多说,"不过我们倒不用着急。梅利跟我们约的是后天,还有两天时间。我们在前面找个地方停一会儿。"

"现在吹的是西风,"山姆说。"翻过这个山头,在山的那边,我们能找到足够隐蔽和舒适的地方,长官。如果我没记错,我们马上能看到一片干枯的冷杉木。"山姆对霍比屯方圆二十英里的一切了如指掌,但这也是他地理知识的极限了。

刚翻过山头,他们就进入了一小片冷杉林。离开道路,他们走进散发着浓浓树脂味的漆黑的林子里,找了些枯枝和松塔来生火。很快,他们在一棵高大的冷杉脚下噼噼啪啪燃起火来,不一会儿,他们开始打盹了。他们围着火堆,枕在树根上,把自己裹进斗篷和毯子里,很快沉沉睡去。没有人值更;连弗罗多也不觉得会有危险,因为他们仍然在夏尔(Shire)的腹地。火苗熄灭以后,几只动物跑过来,看着他们。一只狐狸正穿过这片树林,路过这里,停了几分钟,嗅了嗅。

"霍比特人!"他想,"好嘛,这可开了眼了!在这片地方，我什么稀奇古怪的事不知道，可一个霍比特人露宿在树底下还是头一回听说。还是仨人！这背后肯定有什么意想不到的事。"他说得一点也没错，但他再也没发现什么，仍旧对一切一无所知。

如果你回到例8，在《到灯塔去》的第二部分"岁月流逝"里，你会看到介入作者在作者本人的观点和人物的视角之间进进出出，来去自如，转换迅捷而流畅，使观点相互融入对方，汇成一种声音，它是"这个美丽的世界的声音"，也是书本身的声音，故事在讲述它自身。这种迅捷而不着痕迹的切换相当少见，而且需要坚实的信念和技巧。我们稍后会详细地探讨。

扩展阅读

介入作者或"全知"作者：在建议任何一个人阅读托尔斯泰的《战争与和平》之前，我都会有点犹豫，因为读这本书是个大工程；但它确实是本美妙的书。从技术的角度上讲，它在作者观点和人物视角之间难以察觉的切换，已经臻至炉火纯青的地步，托尔斯泰用极其简明的方式道出一个男人、一个女人，甚至一条猎狗内心的声音，接着潜回作者的口吻……读完整本书，你感觉自己在许多不同的生命中生活过——也许这就是小说能带来的最好的礼物吧。

客观作者或"窥探者":任何称自己为"极简主义者"的作家,比如雷蒙德·卡佛,他们笔下的故事都是这项技巧的优秀案例。

"观察者-叙事者":亨利·詹姆斯和薇拉·凯瑟[1]常常使用这种策略。詹姆斯用有限第三人称做他的"观察者-叙事者",以此与整个故事疏离。凯瑟则安排一个第一人称的"见证者-叙事者",这在《我的安东尼娅》[2]和《迷途的女人》[3]中体现得尤其明显,在这儿,探究一个女性作家喜欢戴着男性的面具讲话的缘由,会别有一番兴味。

不可靠叙事者:亨利·詹姆斯的《螺丝在拧紧》[4]是个经典的例子。我们最好不要相信家庭女教师跟我们说的任何事情,而且必须透过她的话,找到话语背后的东西。她是在欺骗我们呢,还是在欺骗自己?

类型小说中的视角非常有意思。人们大概会认为,大多数科幻小说都没有进入人物的内心,但这种说法太想当然了。如果阅读它们,你会发现,一些朴素的系列小说在

---

[1] 薇拉·凯瑟(Willa Cather, 1873—1947),美国小说家、诗人。
[2] 《我的安东妮亚》(*My Ántonia*),薇拉·凯瑟著,发表于1918年,描写波西米亚移民与大自然搏斗的艰苦生活,以及他们处理新旧文化冲突中人与人之间的关系的情形。
[3] 《迷途的女人》(*A Lost Lady*),薇拉·凯瑟著,发表于1923年,讲述一个开发西部的实业家的妻子被投机商引诱而走向堕落的故事。
[4] 《螺丝在拧紧》(*The Turn of the Screw*),亨利·詹姆斯的中篇小说,发表于1898年。是一部心理恐怖小说,讲述了一段深埋多年的恐怖故事。

处理视角切换时相当老练细致，比如那些以《星际迷航》[1]中的人物展开的小说。

推理小说大多采用"全知视角"，但叙事者的认识局限和线索的积累经常是推理小说的一个核心策略，而许多精致的作品，像东尼·席勒曼[2]的西南部推理系列、唐娜·莱昂[3]的威尼斯推理系列、莎拉·派瑞斯基[4]的芝加哥推理系列，都是以侦探的视角讲述的。

一般来说，罗曼史是透过女主人公的视角，在有限第三人称下讲述的，但是，第一人称、"观察者－叙事者"和介入作者叙事也同样适合这个类型。

欧文·威斯特[5]的《弗吉尼亚州的人》是西部小说的奠基之作，在大多数篇幅里，它是用第一人称以一个不通世故的东部人作为"观察者－叙事者"讲述的（后来的不少类型作家模仿了他的这个策略）。威斯特时常略显笨拙地跳到作者叙事，向我们描述"观察者－叙事者"看不到的事情。莫丽·格罗丝迷人的西部小说《跳溪》(*The Jump-Off Creek*)在

---

[1]《星际迷航》(*Star Trek*) 是美国最有影响的太空探索科幻作家罗伯特·A.海因莱因的代表作品之一。讲述了一群大学生、高中生被送往其他星球进行移民生存考试的奇幻经历。

[2] 东尼·席勒曼（Tony Hillerman, 1925—2008），独创了印第安警探系列，包括十八部以吉姆·契和乔·利普霍恩为主人公的侦探小说。被誉为"印第安世界的推理大师"。

[3] 唐娜·莱昂（Donna Leon, 1942— ），美国作家，曾在威尼斯生活三十余年，现居瑞士。主要作品为以威尼斯为背景的犯罪小说。

[4] 莎拉·派瑞斯基（Sara Paretsky, 1947— ），美国推理小说作家。

[5] 欧文·威斯特（Owen Wister, 1860—1938），美国"西部小说之父"。其最著名的作品为1902年出版的《弗吉尼亚州的人》(*The Verginian*)。

第一人称的日记和有限第三人称之间闪展腾挪。还有书信体个人回忆录的一个有趣的例子，就是埃莉诺·普鲁特·斯图尔特[1]的《农妇的信》，它通过痛苦的第三人称的口吻来叙述，仿佛讲的不是作者本人，而是别人的故事。

切换视角、调用各种各样的叙事者，是许多现代小说必要的结构策略。玛格丽特·阿特伍德（Margaret Atwood）颇精于此道，建议大家读一读她的《强盗新娘》（*The Robber Bride*）和其他短篇故事，或者《别名格蕾丝》（[*Alias Grace*]，这部小说的结构和文笔之精妙，让它足以充当这本书里任何一个主题的范例）。你看过电影《罗生门》或者它的原著小说吗？在这个经典的叙事案例里，同一个事件被四个事件亲历者讲述成了四个截然不同的版本。卡罗琳·西[2]的《制造历史》是在众多叙事者的不同声音中讲述的，这些声音之间的冲突和张力是整本书的智慧和力量的核心。在我的短篇集《海路：克莱特萨德编年史》[3]里的小说《赫尼斯》（*Hernes*）中，四个女人讲述了一个小

---

[1] 埃莉诺·普鲁特·斯图尔特（Elinore Pruitt Stewart, 1876—1933）是一个怀俄明州的自耕农，1909—1914年间，她向科罗拉多州的前雇主写了一系列信件，描述自己的生活。这些信件后来被集结为《农妇的信》（*Letters of a Woman Homesteader*）出版，她信中的文字给读者呈现了一个胆大、能干、机智的活泼聪颖的女人。

[2] 卡罗琳·西（Carolyn See, 1934—2016），美国作家。下文提到的《制造历史》（*Making History*）出版于1991年。

[3] 《海路：克莱特萨德编年史》（*Searoad: Chronicle of Klatsand*），厄休拉·勒古恩的小说集，发表于1991年。描绘了俄勒冈州克莱特萨德人的梦想与悲伤。

镇之家在整个二十世纪里发生的事,她们的声音在几代人之间来来回回地穿插传递。然而,要在这种"众生合唱"叙事方式中找出一部最杰出的作品,我想到的只能是弗吉尼亚·伍尔芙的《海浪》。

他们毫不费力地从过去航行到现在，但如今他们无法返航。

第八章
不同的人称与口吻：切换视角

　　当然，你完全可以改变视角，这是一个作家的天赋之权。这里我要说的是，你必须清楚自己正在做这件事，有些作家不清楚这一点。而且你必须清楚如何去做，这样，在改变视角的时候，你才能让读者能轻松地跟上你的脚步。

　　在一篇短小的习作里完成第一和第三人称之间的切换非常困难。即便在小说里，像例12这样的切换也是不寻常的，很多时候甚至是不明智的。《荒凉山庄》是一部有气势的小说，它那非同寻常的气势某种程度上来自技艺高超的视角切换和不同声音的冲撞。不过从狄更斯到艾瑟的转变总是磕磕绊绊。二十出头的女孩子甫一开口就变成中年小说作者的口吻，让人难以置信（差可告慰的是，艾瑟到处是乏味至极的自我贬抑，而狄更斯没有）。狄更斯清楚自己的叙事策略中暗含的危险：作者的叙述永远不能同观察者的叙述重叠，作者不能进入艾瑟的思想，甚至不能提及她。两个叙事者保持分离。情节把他们带到一起，但他们从不接触。这是个古怪的策略。

所以，我有个总体的感觉，如果你试图做第一人称到第三人称的切换，一定要有足够的理由，而且要小心谨慎。不要卸下你的齿轮。

不要奢望在短短一篇习作中完成从客观作者到介入作者的切换。我不明白你为什么想要这么做。

还有一点：介入作者可以随意地从一个观点人物跳到另一个；但如果跳得过于频繁，除非能对笔下的文字驾驭自如，否则，在不同的想法之间跳来跳去，读者会感到厌烦，还会晕头转向，不知道自己身在何处。

如果突然被丢进一个不同的视角，感到心烦意乱是常有的反应。谨慎细心的介入作者可以避免这一点（托尔金的狐狸做到了）。但是在有限第三人称下面，作者就无能为力了。如果你正在写一篇以戴拉的视角讲述的故事，你可以说"戴拉抬起头，用爱慕的眼神望着罗尼"，但你不能说"戴拉抬起她无比美丽而羞怯的眼睛，满含爱意地望着罗尼"。退一万步说，即使戴拉知道自己的双眼美丽而羞怯，在抬头看的时候，她也看不见自己。看得见她的是罗尼。你把视角从她切换到罗尼了。（如果事实上，戴拉正在盘算自己的眼神对罗尼的作用,你必须这么讲:"她抬起双眼,清楚它们的美丽和羞怯会打动他。")像这样只言片语间的视角切换并不鲜见,但却总让人不舒服。

作者叙事和有限第三人称有不少交集,因为介入作者常常自然而然地使用第三人称叙事,有时候他们也会把视角限定在一个人身上。当作者的声音隐而不现的时候,很难准确地辨别出一段文字的叙事模式。

因此:只要清楚自己的动机和方法,只要小心谨慎地过渡,不在一两句话里跳来跳去,你可以在任何时候从一个观点人物切换到另外一个。

练习八:改变口吻

第一部分: 在有限第三人称下做快速切换:一篇叙事短文,500~1000 字。你可以从练习七的习作中选取一个,也可以创造一个新的场景:几个人被牵涉进同一个活动或事件中。
在有限第三人称下,使用几个不同的观点人物(叙事者)来讲述这个故事,在叙事推进过程中改变叙事者。用换行符标记每一次改变,把叙事者的名字写在括号里,放在每一段的开头。如果有其他的区分方法,也可以采用。

我不止一次说过,频繁地做视角切换而不做任何标识是危险的。你正在做的是一件危险的事。

第二部分：薄冰

用 500~1500 字的篇幅，讲一个同样的故事，或者讲一个类似的新故事，有意把视角切换几次，同时不做任何明显的标识，让读者得不到任何提示。

当然，仅仅把上一个练习中的切换标识删掉，这个练习就完成了，你可以这么做，但这样的话，你就学不到任何东西了。"薄冰"需要全然不同的叙事技巧，甚至需要一种全然不同的叙事。在我看来，它拒绝"介入作者"，即使表面上你使用的仍然是有限第三人称的视角。这片冰纤薄而脆弱，冰下则是百丈深渊。

例 14 是一个这种视角切换的范例，摘自《到灯塔去》。

例 14

选自弗吉尼亚·伍尔芙的《到灯塔去》

是什么让她说出"我们在上帝的手中"这句话来的呢？她想。伪善滑入环绕她的真实中间，惊醒她，骚扰她。她低头继续织毛衣。上帝是怎么创造这个世界的？她自问。在内心深处，她总能抓住事实：没有任何理性、秩序、正义，只有忍受、死亡、贫困。对这个世界来说，没有卑鄙到难以下手的背叛；她明白这一点。没有长久的幸福；她明白这一点。她坚定而沉着地织着，轻轻噘着嘴，在丈夫路过的时候，她脸上的线条不自觉地变得僵硬，尽管他想到了休谟的轶事，正咯咯窃笑，那个严重发福的哲学家，被困在了一个泥坑里。然而在路过她时，他分明留意到她那美丽深处的冷峻。他感到一阵悲哀，她的疏远让他痛苦，在走过她身边时，他觉得自己保护不了她，他走到树篱笆前，感到很难过。他什么也帮不了她。他应该守在她身边，看着她。没错，但地狱般的真相是，他让事情变得更糟。他敏感——他易怒。在灯塔这个事情上，他发了脾气。他望向树篱笆深处，望着它的盘根错节，盯着它的黑暗。

一直以来，拉姆齐夫人觉得，人总是会抓住一些古怪的芝麻绿豆的小东西，倾听它们，观察它们，而不愿把自己从孤独中摆脱出来。她侧耳倾听，但周围一片沉寂；板球打完了；孩子们都去洗澡了，只剩下大海的声音。她放下编织针；把没织完的红棕色长袜拎起来看了看。她又瞥到了那道光。她用带有讽刺的眼神质询它。因为人一旦醒来，各种关系就变了，她望着那束光，它无情、冷酷，与她如此相像，又如此不同，使她俯首听命（她夜里醒来，发现它俯身越过自己的床铺，投到地板上），尽管有这些想法，她仍着迷地、神魂颠倒地看着它,就好像它那银色的手指拨开了她头脑中某个封印已久的容器,汹涌而来的兴奋淹没了她,她曾经体验过幸福,精致的幸福,强烈的幸福,随着日光的消逝,蓝色在大海中隐去,灯塔给凌厉的海浪点上银光,银色卷进纯柠檬色的浪里,卷曲,隆起,碎落在海岸上,她的眼中迸出狂喜,纯粹的喜悦像海浪冲刷过她的内心,她感到,足够了!足够了!

　　他转过身,看到了她。啊!她真美,现在比任何时候都美。但他不能跟她说话。他不该打扰她。他很想现在就告诉她,詹姆斯离开了,她终于又独自一人了。但是他下定决心,不;他不会去打扰她。她的美,她的哀愁让她超然疏远,他会顺其自然,会走过她身边,不说一句话,尽管让他伤心的是,她的眼神那样渺远,让他触不到她,帮不了她。如果不是这时候她主动把她知道他不会开口向她要的东西递给了他,他会再次一言不发地从她身边走过的,但她叫了他一声,从画框上取下绿披巾,向他走过去。因为她知道,他渴望保护她。

　　留意伍尔芙是怎样轻而易举却又清晰明了地完成视角转换的。从"是什么让她说出"到第二个"她明白这一点"为止,我们是站在拉姆齐夫人的视角;然后我们溜了出来,标志是我们能看到拉姆齐夫人了,我们来到正路过她身旁、想到困在泥潭的哲学家而咯咯窃笑的拉姆齐先生这边,顺着他的目光,看到拉姆齐夫人轻轻噘着嘴,冷峻的脸庞"不自觉地变得僵硬";他感到难过,觉得自己保护不了她。接着是一个换行符,标志着我们又回到了拉姆齐夫人的视角。接下来的转换在哪儿,都有什么样的标志?

关于模仿的提示

对抄袭的恐惧和对个人原创性价值的尊崇让不少作者对模仿这种学习方式敬而远之。在诗歌课程中,学生可能会被要求注明"借鉴某人的风格",或者被允许模仿某首诗歌的诗节或韵律,然而,散文写作的老师似乎回避任何模仿。不过我认为,清醒、审慎地对心仪的作品进行模仿不失为一种不错的训练、一种叙事文作者寻找自己的声音的手段。如果你想模仿这本书中的哪一个例子或者别的什么,去做吧。头脑清醒是重中之重。在模仿时,有必要牢记,无论写出的作品有多成功,它都只是一个练习,不是终点,而是塑造你独立的声音和写作技巧的手段。

在评价这些练习时,你们也许会谈到这些切换的效果如何,经由它们故事获得了什么,流失了什么,如果只从单一的视角讲述这个故事,这个故事会变得如何不同。

过一段时间,在阅读小说的时候,你大概会留意作品的视角是什么，观点人物是谁，视角在何时做切换，诸如此类的细节。注意到不同作者的不同手法是一件颇有兴味的事，通过观察伍尔芙和阿特伍德这些叙事大师的作品，你会获益良多。

A：把上桅帆降低点！
B：找到它们时我会的！

第九章

暗示：在叙事中传递信息

这一章讨论故事叙述的各色样貌，它们看起来并不像通常意义上对事件的讲述。

有的人把故事理解为勾画情节，有的人把故事缩减为记录行动。在文学和写作的课程里，关于情节的讨论已经足够多了，行动的价值也已经被充分肯定，因此在这儿，我想加入一个对立的平衡观点。

如果一个故事除却行为和情节就变得空无一物，那它本身就是贫乏无味的；实际上，一些伟大的故事把两者都抛弃了。依我看，情节仅仅是依靠因果链，通过紧密地连接事件来讲述故事的一种方式。情节确实是个了不起的装置。然而它并不高于故事，甚至不是故事的必要元素。至于行为，没错，故事需要运动，需要有事情发生；但是行为也可以像一封发出却未曾到达的信，未曾言明的想法，悄悄翻过的夏日一页。实际上，永不停息的激烈行为通常是故事叙述停止的标志。

在 E. M. 福斯特的《小说面面观》里，有一个著名的表述："国王去世了，然后王后也去世了"——这是故事；"国王去世了，然后王后因为悲伤，也去世了"——这是情节。我喜欢这个表述，尽管这些年来，我也时常同它互辩。

我的观点是，这二者都是故事的雏形，前者松散，后者有模糊的结构。不过二者都没有构建出情节。"国王的兄弟谋杀了国王，迎娶了王后，王子心烦意乱"——现在就有情节了；事实上，也许你能意识到这是哪个故事。

情节的种类是有限的（有人说七种，有人说十二种，也有人说三十种），故事的种类则无际无涯。世界上的每个人都有自己的故事；每个人同其他人的相遇都会开启一个故事。有人问威利·尼尔森[1]，他的歌曲从何而来，他说："空气里到处是旋律，你只需要伸手够到它。"世界上到处是故事，你只需要伸手够到它。

我说这些，是在尝试给一些作者松绑，在被允许落笔写故事之前，他们觉得必须制订一个精细的计划，构建出缜密的情节。当然，如果出于个人喜好，这么做无可厚非。

---

[1] 威利·尼尔森（Willie Nelson, 1933— ），演艺生涯长达 40 余年。20 世纪 70 年代中期，尼尔森呢是以得萨斯、奥斯丁为中心发展起来的"乡村–摇滚运动"的带头人。

然而如果不是这样，如果你不是一个规划师或情节建构者，不用担心。世界上到处是故事……你所需的也许仅仅是一两个人物、一段对话、一种情境，抑或一个地点，接着你就会在那儿找到你的故事。你思考它，动笔之前，至少你已经勾画出了一部分轮廓，于是，你知道自己大体正走向何方，而其余的一切都会在讲述过程中自动完成。我喜欢自己掌舵的画面，但实际上，故事之船是有魔力的。它清楚自己的航线。舵手的工作只是协助它找到自己的路。

在这一章里，我们同样要谈谈在叙事中提供信息的方法。

这是每一个科幻小说和幻想文学作者都应谙熟于心的技巧，因为他们经常有大量的信息需要传达，如果他们不讲，读者将无从获知这些信息。假设我的故事设定在2005年的芝加哥，我能想象，读者对这个时间和地点已经有了整体的概念，知道大体情形是什么样子，就能在最少的暗示下填充故事画面。然而，如果我把故事放在了3205年天龙星座（Draconis）4-Beta星球，读者脑中将会一片空白。故事中的世界必须被创造和解释。这是科幻和幻想小说尤其有趣和迷人的地方之一：作者与读者一起合作创造世界。但这也是个着实棘手的工作。

如果信息像发表演说一样奔涌而下，仅仅靠一些愚蠢的手段做点无用的遮掩，就会是这样——"哦，船长，跟我讲讲反物质掩体是如何工作的吧！"船长欣然接受，然后滔滔不绝——科幻小说作家把这称为"解释性肿块"（Expository Lump）。技艺高超的作者（不管是何种小说类型）不会允许任何解释变成肿块。他们分解信息，精细地研磨，把它们做成严丝合缝的砖块，用它搭建起故事大厦。

几乎所有的叙事文都有或多或少的解释和说明。同在科幻小说中一样，笨拙的解释在回忆录中也会造成不小的问题。把信息融入故事中是一个值得学习的技巧。像往常一样，意识到问题的存在其实就已经向问题的解决迈出了一步。

所以，在这个章节，我们处理的是看上去没有在讲故事的故事。我们尝试隐而不显地阐述。

第一个练习简单而且直白。

练习九：有侧重地讲述

第一部分：A&B

这个练习的目标，是写一个故事，仅仅通过对话来展现两个人物。

写一到两页只包含对话的文字——字数要求反而会造成误导，因为对话会在纸上留下大量的空白。

把它写得像剧本一样，A 和 B 分别是两个人物的名字。

没有舞台指导。没有关于人物的说明。除了 A 和 B 说的话，什么都没有。读者只能从两人的谈话中得知他们是谁，他们在哪，或者他们要去什么地方。

如果你需要一个关于主题的建议，我建议把两个人放在某种危机的情境下：车没油了；太空船马上要相撞了；医生突然意识到心脏病手术台上的这个老人是自己的父亲……

~~~~~~~~~~~~~~~~~~~~~~~~

注："A&B"并不是关于写短故事的练习。它是针对故事叙述中的一个元素的练习。事实上，也许你会得到一个相当满意的短剧或行为片段，但其中的手法并不是叙事文的常用手法。

评价：这是一个很适合在课堂上做的练习。如果你在一个写作小组中，你会发现人们边动笔边喃喃自语。

如果文本足够清晰，能够让另外一个人阅读，那么在轮到你大声朗读的时候，可以这样做：作者自己扮演 A，找一个人（在默读过一遍之后）扮演 B，会别有一番趣味。如果你足够勇敢，就把你的习作交给小组里的两个人，让他们大声朗读。如果他们是优秀的朗读者，你会从他们的阅读中听到他们在哪儿卡壳、在哪儿读错了重音、它听起来是顺畅自然，还是矫揉造作，从而找到不少修改自己作品的切入点。

如果你是独自做练习，大声朗读它。不要细声细语。大声读出来。

在进行讨论和思考的时候，你也许想衡量一下，就作品本身而言，它能达到何种效果（毕竟这是个微型戏剧）。你大概也会考虑这些问题：这个故事清晰吗？人们是否从中得到了关于人物和情境的足够信息——我们需要更多的信息吗？抑或我们需要更少的信息？对这两个人我们了解了多少（比如说，我们知道他们的性别吗）？我们觉得他们是什么样的人？如果没有"A"和"B"这两个标识，我们能辨别出谁是谁吗？如果不能，有没有办法制造更多的差异？人们平时是这样讲话的吗？

"A&B"是个历久弥新的练习，就像关于"简洁"的练习一样。如果没有更好的选择，你可以让 A 和 B 一直待在一辆内华达中部的车里，看他们会说什么。但是要记住，除非你是剧作家，否则的话，这并不是你的目的，它只是你目的中的一个元素。在戏剧里，演员会把语言具象化，重新创造戏剧语言。而在小说中，也许大量的故事和人物可以通过对话牵引出来，但故事中的世界和人则必须是讲故事的人创造的。如果只有对话和脱离了现实的嗓音，那缺失的东西就太多了。

复调

同样地，接下来，我再谈一谈声音。

小说的非凡之处也在于它的多重声部，它的复调。小说里，有各种各样的人在思考，在感觉，在谈话，这种五彩斑斓的心理学景象是其活力与美感的一部分。

表面上看，作者需要有模仿的天赋，像一个模拟艺人，有样学样地获得这些五花八门的声音。但事情不是这样。作者更像一个严肃的演员，把自己浸入角色的自我之中。自动地成为角色，让他们的想法和话语从内部生发出来。心甘情愿地让自己的造物参与控制自我。

作者需要有意识地练习不以自己的口吻写作；甚至以自己抗拒的口吻写作。

回忆录作者笔下只有一种口吻，他们自己的口吻。然而，如果回忆录里所有人都只说作者想让他们说的话，我们听到的便只剩作者自己的声音了——一种冗长而毫无说服力的独白。有的小说作者也这么做。他们让人物充当自己的耳朵和嘴巴。于是你读到的故事里千人一面，人物充其量成了作者本人的扩音器。

这里需要的是自觉而严肃的练习，试着去听、去用、去习惯别人的声音。

不要自说自话，让其他人通过你来讲话。

对于回忆录作者，我提供不了任何指导，因为我不知道如何倾听一个真实的声音，然后再把它真实地再现出来。我从未练习过这样的技巧。然而，我心向往之。也许做这种忠于真实口吻的练习的一个方法，是在公交车上、超市中、候车室里听别人谈话，记在脑子里，事后再把他们的谈话落到纸上。

而如果你是一个小说作者，我有一个窍门，可以让其他的人物通过你讲话。那就是倾听。安静下来，倾听。让人物说话。不要审查，不要控制。倾听，然后记录下来。

不要害怕这么做。毕竟掌控全局的仍然是你。这些人物完全取决于你。你创造了他们。让这些可怜的虚构造物们放开了去说吧——只要你想，你随时可以敲击"Delete"（删除）。

练习九

第二部分：做一个陌生人

写一篇400~1000字的叙事文，场景里至少包含两个人物及某个行动或事件。

使用单一的观点人物，第一人称和第三人称皆可，这个人物得是事件的参与者。给该角色的想法和感觉赋予自己的语言。

观点人物（不管是真实的还是创造的）是你不喜欢、不认同的，或者讨厌的，也可以是跟你格格不入的人。

情节可以是邻居间的口角，亲戚串门，或者有人在付款柜台做出怪异的举动——什么都可以，只有一个要求，观点人物要用他自己的行为行事，用他自己的头脑思考。

~~~~~~~~~~~~~~~~~~~~~~~~~~~~~~

写作之前需要考虑的：当我说"陌生人""跟你格格不入的人"时，我指的是心理学意义上的"陌生"：某个你不会移情或者不会轻易在感情上认同的人。

一个在语言、民族，在社会和文化层面上跟你有深刻差异的人，也许不适合做你的人物，实际上你无法进入他。你对他生活的了解不足以让你从他的内心出发来写作。我的建议是，把目光放到自己家里。那儿可净是陌生人。

对于有些从未做过这类心理错位（Psychological Displacement）练习的人来说，可能仅仅改变性别——以对立性别的口吻来写作——就足够让他感到棘手和提心吊胆了。如果这说的恰恰是你，那就写吧。

很多作者从未尝试过以老人的视角写作（三十岁以上的都可以）。如果这说的恰恰是你，那就写吧。

很多作者（甚至包括老作家）在描写家庭关系时，总是用孩子的视角，从未尝试过父母的视角。如果这说的恰恰是你，那就试着放开孩子，用父母这辈人的视角。

如果你通常习惯写一种类型的人，这次写一个完全不同的人。

如果大多数时候你写的是虚构作品，在这个练习里，你可以试试回忆录。唤醒一个你曾经不喜欢，曾经鄙视，或者曾经跟你格格不入的人，写下你的回忆。花点时间，以那个人的视角回想和讲述，试着去理解他的感受，他看见了什么，为什么那样说话。他对你的看法如何？

如果你经常写回忆录，这次你可以试试虚构作品。创造一个跟你截然不同、没有任何共同语言的人。钻进这个人身体里，像他一样思考和行动。

注：如果你回忆的是真实事件，不要用这个练习唤醒你体内沉睡的恶魔。这不是治疗。这只是一个练习，尽管直面内心是写作中非常重要的一个方面，需要作者一定的勇气。

你可以运用讽刺或带着反感来做这个练习，通过真实的想法和感觉，给我们展示观点人物如何愚蠢。这是一个正当且精明的写作策略。但它有违这个练习的初衷，即悬置你对人物的价值判断。这个练习需要你换位思考，通过他人的眼睛看世界。

在评价时，你可以把最后这个建议作为一个判断标准。

作为读者，我们是被实实在在地带入了人物的视角，因此理解了他们对世界的看法，还是说作者置身事外，坐在审判席上，试图强制我们做出同样的评判？如果从习作中读出了恶意和仇恨，它来自谁？

另一种途径：习作中讲述的口吻有没有说服力？有没有哪些地方听上去很虚伪或者很真实？你能不能（跟别人或自己）探讨一下为什么会这样？

事后思考的时候，你也许会想自己为何选择了那个人作为观点人物。你也许会思量，有没有在自己体内发现一点作家的天赋，想想你驾驭人物的方式。你会再次尝试用一个与自己截然不同的声音写作吗？

现在，我们暂时远离一切声音。

练习9的第三部分同第一部分一样，只不过全然站在了反面。在"A&B"里，声音是你仅有的工具，没有景物。而在接下来这个练习里，除了景物，你一无所有。那儿没有人，没有任何事情——在表面上——发生。

在做这个练习之前，你大概想先读一下例15、例16和例17。

对雅各房间的这段描写如同蜻蜓点水，了无痕迹，看上去似乎并不重要。然而这本书的名字就叫《雅各的房间》……而当我们走到这本书的结尾，在最后一页上，这段描写的最后两句话逐字逐词地重复出现,却带着迥然不同而令人心碎的共振。(啊,重复的力量!)

例 15

选自弗吉尼亚·伍尔芙的《雅各的房间》

皎洁的月光从来不肯让天空暗下来;整个晚上,绿地上白灿灿的,一片栗花;草地上的欧芹朦朦胧胧。

三一学院的侍者洗盘子肯定像洗牌一样,盘碟刀叉的声音在大庭院[1](Great Court)里都听得见。而雅各的房间在内维尔院的顶层,爬上去难免会气喘吁吁,但这时候他不在屋里。也许在食堂吃饭。还没到半夜,内维尔院里就已经一片漆黑,只有对面的柱子和喷泉还泛着白光。大门映着奇怪的光影,仿佛泛白的绿罩上了花边。隔着窗户,你也能听到碗碟声;还有进餐者嗡嗡的谈话;食堂的灯亮了,旋转门吱呀一声,轻轻打开又关上了。有人来晚了。

雅阁的房间里有一张圆桌和两把矮矮的椅子。

壁炉上的广口瓶里插着几枝鸢尾花;房间里摆着一张他母亲的照片;几张社团的名片,上面有凸起的新月花纹、盾形纹章和大写字母;一些笔记,几只烟

---

[1] 大庭院被认为是欧洲最大的封闭式庭院,十七世纪建造完成。

斗，桌子上放着镶了红边的稿纸——不用说，是一篇论文——《历史是名人传记的集合吗？》。书有不少，法文书寥寥；但明智的人只读他喜欢的东西，乘兴所至，只求欣然自乐。比如威灵顿公爵的传记；斯宾诺莎；狄更斯的小说；《仙后》；一本《希腊语词典》，书页里夹的罂粟花瓣如同丝绸；所有伊丽莎白时代的文学作品。他的拖鞋破得不成样子，像两只被火烧到吃水线的船。还有一些希腊的照片，一幅出自乔舒亚爵士之手的铜版画——全都英国味十足。这里也有简·奥斯丁的作品，也许是为了迎合某人的品味。卡莱尔的书是件奖品。

还有几本关于文艺复兴时期意大利画家的著作，一本《马的疫病手册》，以及所有的课本。整个房间空空荡荡，空气也无精打采，只刚刚能把窗帘吹起；广口瓶里的花动了一下。藤椅上的一根纤维嘎吱作响，尽管上面没有坐人。

下一个例子是哈代《还乡》里那个著名的开头。这本书的第一章里只有爱格敦荒原，没有一个人物。哈代的文字迂回而迟缓，必须通读整个章节，才能感受到场景设置的宏大。如果你继续读下去，读完整本书，那么，很多年之后，再想到这本书时，我相信其中最突出的角色还是爱格敦荒原。

例 16

选自托马斯·哈代的《还乡》

　　十一月一个星期六的下午,已近黄昏,无边无际、苍苍茫茫的爱格敦荒原一点一点昏暗下来。头顶,苍白的带状云把天空拱在外面,就像一顶帐篷,罩住了整个荒原。

　　天堂在这个苍白的幕布上铺展,地上则蔓延着黑苍苍的植被,两者截然分开,交汇在渺远的地平线上。在这样的对比下,远在那个天文学上叫作"夜晚"的时刻还未到来之前,荒原就披上了夜色:黑暗已经降临了这里,而白昼还踟躇在天上,未曾离开。抬头望望天空,一个砍荆条的人会想继续手头的活计;但低头看看,他大约就决定捆好柴火,打道回府了。地面与天际那分明的界线与其说是物质的分界,不如说是时间的分界。荒原靠它的肤色让夜晚提前了半个时辰;黎明时分,它同样推迟了曙光的降临,让天空显得昏暗;在风暴来临之前,它黢黢露出狰狞的面目,在没有月亮的不透光的午夜,它平添震颤和恐惧。

　　实际上,恰恰在这个由黄昏转入黑暗的时刻,爱格敦荒原那特有的壮观才真正开始展现。一个人如果没有在此时此刻亲临,便说不上真正了解这片荒原。只有在朦朦胧胧的状态下,人们才能更真切地感受它，它全部的力量和话语都藏在里面，藏在从此刻到黎明的这几个小时里：这段时间，也只有在这段时间，荒原才开口讲述它真实的故事。确实，它是夜晚的近亲，当黑夜来临，它的阴影和景色便明显地呈现出一种互相吸引的趋势。这片忧郁的荒原上，圆阜和洼地似乎都挺起身来，真心诚意地迎接夜晚的昏暗，荒原吐出黑暗，天空凝聚黑暗，双方的动作一样迅捷。于是，双方以各自尽力促成的一半昏暗，紧密地连成了天地间整整的一片黑暗。

这个时候，这片荒原愈发警觉，一副专心致志的样子。在一切都沉沉睡去的时候，荒原却缓缓地苏醒，屏息聆听。每一个夜晚，它那庞大的身形都像在等待着什么；然而，它一直在等待，一个个世纪过去了，沧海桑田，很多东西不复往日的容貌，而它依然无动于衷，我们只能想象，它等待的是最后一次危机的到来——最后的覆灭。

我们跟随简·爱第一次来到桑菲尔德府。这里的这些房间并不空，简和管家一边穿过它们，一边聊天；这个片段的力量在于对家具的描写，从屋顶那宽广明亮的视野，突然转到三楼昏暗的走廊，接着是简突然听到的笑声："这笑声很古怪；它清晰、拘谨、悲哀。"（啊，这些妙到毫颠的形容词！）

例 17

选自夏洛蒂·勃朗特的《简·爱》

  我们离开餐厅的时候,她提议带我去房子的其他地方转转;我跟着她上楼下楼,一路上赞叹不已;一切都安排得妥当而漂亮。宽敞的前室尤其富丽堂皇:三楼有些房间,尽管又暗又矮,却散发着古旧的气息,别有一番情趣。曾经一度被摆在楼下房间里欣赏的家具,慢慢被挪到了这儿,因为风尚变了:狭窄的窗扉照进几束斑驳的光线,映出一个有上百年历史的床架;几个橡树或胡桃木的柜子,上面雕刻着奇怪的棕榈枝和小天使的脸,形制像希伯来的约柜;几排古色古香的高背窄椅子;还有更古老的凳子,坐垫表面明显有磨损了一半的刺绣痕迹,绣出这些花样的那双手大概已经化为尘土两代之久了。所有这些遗物让桑菲尔德府的三楼成了一个往昔的住所,回忆的神殿。我喜爱这些房间在白天的静谧、晦暗和古雅,但我并不想晚上睡在这又宽又重的大床上:它们有的被关在橡木门后面,有的僻居在阴影里,挂着古老的英国帐幔,上面布满了刺绣,有奇怪的花、更奇怪的鸟和最奇怪的人——在苍白的月光下,它们无疑会显得十分古怪。

  "这些房间是用人住的地方吗?"我问。

  "不,他们住在后面一排更小的房间里;这里从没住过人：有人说，如果桑菲尔德府闹鬼，这里就是鬼魂游荡的地方。"

"那我想，你们这里没有鬼，是吧？"

"反正我是没听说过。"费尔法克斯太太笑着说。

"也没有什么传言？传奇或者鬼故事？"

"我相信没有。据说罗切斯特家族的人在世的时候都性情暴烈，很少温言软语：也许他们现在能够在坟墓中平静地安息，也是因为这个吧。"

"是啊——'经过了一场人生的热病，他们安静地睡了。'"我喃喃地说。"你这是去哪儿啊，费尔法克斯太太？"她正要转身走开。

"去铅皮屋顶转转；要不要一起上来看看风景？"我默默地跟着，爬上一段狭窄的楼梯，上了阁楼，然后爬上梯子，穿过活动天窗，来到房顶。我现在站得跟白嘴鸦的领地一样高，能看见它们巢里的动静。靠在城垛上往下望去，地面像一幅地图一样展开：鲜亮如天鹅绒的草坪，紧紧围绕着宅邸灰色的基座；跟公园差不多大小的田野上，零星地点缀着古老的树木；深褐色的树林，干枯凋萎，被一条小径截然分开，小径上铺满了青苔，比长满叶子的树木还绿。大门口的教堂、道路和寂静的小丘都在秋日的阳光下安睡；地平线上怡人的天空，蔚蓝中夹着大理石般的灰白色。这番景色并没有什么出奇之处，但一切都赏心悦目。当我转过身，再次穿过天窗的时候，我几乎看不见下行的梯子；跟我方才仰望过的那个蓝色苍穹相比，跟我兴致勃勃俯瞰过的那片以宅邸为中心，沐浴在阳光下的小树林、草地和绿色的山丘相比，阁楼昏暗得就像是地下室。

费尔法克斯太太在后面耽搁了一会儿，把天窗闩好；我在黑暗中摸索，找到阁楼的出口，爬下这段狭窄的楼梯。我在楼梯口长长的过道上徘徊，过道分隔开前房和后房，狭窄、低矮、昏暗，只在远远的尽头有一个小窗，过道旁两排黑色小门全都紧闭着，看起来像是蓝胡子城堡中的某条走廊。

我轻轻地往前走，万万没料到，在这么个死寂的地方，竟迸发出一阵笑声。这笑声很古怪；它清晰、拘谨、悲哀。我停下脚步：笑声停止了，只停了一刹那；马上又重新开始，这次笑声更响了：不像刚才，那时候尽管清晰，声音却很低。蓦地，笑声戛然而止，像隆隆的钟鸣，在每一个孤单的小屋里唤起回声；它不过是从一个房间里发出来的，我完全能指出它来自哪个房间。

扩展阅读

我引述的所有例子都采用了相当直接的描写，然而它们不会拖慢或停住故事。故事存在于场景中，在描述的事物里。有人惧怕描述性的"段落"，好像它们是多余的

第九章 暗示：在叙事中传递信息

装饰，会不可避免地拖滞住"动作"。如果想见识一幅美景、一大段关于人们的信息、一种生活方式如何成为动作，成为故事前进的动力，可以读读琳达·霍根[1]的小说《太阳风暴》(*Solar Storms*)，莱斯利·西尔科[2]的《仪式》(*Ceremony*)，或者埃斯梅拉达·圣地亚哥[3]的回忆录《当我还是波多黎各人时》(*When I Was Puerto Rican*)。

在写得很出色的严肃惊险小说里，环境、政治等等信息与故事浑然一体，比如约翰·勒卡雷[4]的《惊暴危机》(*The Tailor of Panama*)。优秀的推理小说也同样善于传递信息，多萝西·塞耶斯[5]的《杀人也得打广告》(*Murder Must Advertise*)和《九曲丧钟》(*The Nine Tailors*)就是个中翘楚。谈到奇幻小说，托尔金的《指环王》毫不费力地创造出了一个完整的世界，并通过丰富、生动、具体有形的细节将之呈现出来，同时故事一刻不停地奔涌向前。我相信，如果一本书让读者搞不清楚人物身在何处，天气如

---

[1] 琳达·霍根（Linda Hogan, 1947— ），美国契卡索族作家，其作品常以多元视角探讨人与自然、两性之间及人类社会种族文化之间错综复杂的关系。
[2] 莱斯利·西尔科（Leslie Marmon Silko, 1948— ），美国作家。她是第一位用英语发表小说的印第安女性作家。《仪式》是其最重要的长篇小说。
[3] 埃斯梅拉达·圣地亚哥（Esmeralda Santiago, 1948— ），波多黎各作家和前演员，以她的小说和回忆录闻名。下文提到的《当我还是波多黎各人时》出版于1994年。
[4] 约翰·勒卡雷（John le Carre, 1931— ），原名大卫·康威尔（David Cornwell），英国作家，迄今已出版20余间谍小说。
[5] 多萝西·塞耶斯（Dorothy Leigh Sayers, 1893—1957），英国作家，女推理小说大师，与阿加莎·克里斯蒂和约瑟芬·铁伊并称"推理侦探三女王"。

何变化,它的叙事就灵动不起来。

就像我之前提到的,科幻小说尤其需要把大量的信息融入叙事。冯达·麦金太尔[1]的《月亮和太阳》(The Moon and the Sun)所展示的路易十四那宏伟的朝廷和古怪的朝臣,比许多历史书更为丰满,而且一切都穿插在眼花缭乱的故事中。

好的历史同样也是故事。读一读胡伯特·赫林(Hubert Herring)伟大的《拉丁美洲史》(Histpry of Latin America),看看他如何把横跨二十个国家、纵贯五百余年的历史写得让人手不释卷。史蒂芬·杰伊·古尔德[2]也是一个能把复杂的科学信息和理论融入坚实叙事的大师。回忆录作者从故事中拎出一段描述时,往往显得有些老派;仿佛回到了沃尔特·司各特的十九世纪初,他们铺开一个场景,然后描写那儿发生了什么。不过,下面这些经典之作却跳出了回忆录的桎梏,像玛丽·奥斯汀[3]的《少雨的土

---

[1] 冯达·麦金太尔(Vonda Neel McIntyre, 1948—),美国科幻小说作家。《月亮和太阳》发表于1997年。这本书结合了两大流派:科幻小说和历史演义。麦金太尔因这部小说获得了1997年星云奖最佳小说奖。

[2] 史蒂芬·杰伊·古尔德(Stephen Jay Gould, 1941—2002),美国著名的古生物学家、科普作家、进化论科学家。古尔德的科普散文平实近人,条理清晰,他特别擅长解释复杂的概念。

[3] 玛丽·奥斯汀(Mary Hunter Austin, 1868—1934),美国作家,是最早书写美国西北部的作家之一。《少雨的土地》(1903)是其代表作,以作者在沙漠小镇12年的生活经历为背景写作而成,改变了人们对沙漠的认识。

地》(The Land of Little Rain)、伊萨克·迪内森[1]的《走出非洲》(Out of Africa)和 W. H. 哈德逊[2]的《紫色的土地》(The Purple Land),它们将丰富的风景、人物和情感天衣无缝地编织在了一起。自传作品如弗雷德里克·道格拉斯[3]、莎拉·温妮缪卡[4]、汤婷婷[5]以及吉尔·克尔·康威[6]的作品;优秀的传记作品如温妮弗莱德·盖林[7]的《勃朗特姐妹》和赫尔迈厄尼·李[8]的《弗吉尼亚·伍尔芙的小说》(The Novels of Virginia Woolf),都在叙事中举重若轻地加入了相关时代和地区的大量信息,以及人生中的大小

---

[1] 伊萨克·迪内森(Isak Dinesen, 1885—1962),丹麦小说家。《走出非洲》(1937)是其代表作,由五十四篇既独立又连贯的散文组成,描述她在非洲经营咖啡农场时的所见所闻,把自传、人类学、诗歌和论文融为一体。

[2] W. H. 哈德逊(William Henry Hudson, 1841—1922),阿根廷作家、博物学家、鸟类学家。海明威曾经在《太阳照常升起》中提及哈德逊的《紫色的土地》。

[3] 弗雷德里克·道格拉斯(Frederick Douglass, 1818—1895),美国废奴主义活动家,后来被誉为"所有被压迫者的英雄典范"。他的三部自传奠定了他在美国文学史上的地位。

[4] 莎拉·温妮缪卡·霍普金斯(Sarah Winnemucca Hopkins, 1844—1891),北派尤特人,美国作家、活动家、教育家。她的作品《生活在北派尤特人中间:他们的不公和要求》(Life Among the Paiutes: Their Wrongs and Claims)既是一本回忆录,也是她的族群与欧美人接触的历史。这本书被认为是"第一本美国土著妇女写的自传"。

[5] 汤婷婷(Maxine Hong Kingston, 1940—),美国华人小说家。祖籍广东新会,1940年生于美国加利福尼亚州。汤婷婷先后创作了颇具影响力的小说《女勇士》《中国佬》《孙行者》等,确立了其在美国华裔文学史上的地位。

[6] 吉尔·克尔·康威(Jill Ker Conway, 1934—2018),澳大利亚、美国双国籍女性作家。以其自传而闻名,尤其是出版于1989年的第一本自传《离开科莱恩的路》(The Road from Coorain)。

[7] 温妮弗莱德·盖林(Winifred Eveleen Gérin, 1901—1981),英国传记作家。其最著名的作品是为勃朗特姐妹写的传记。

[8] 赫尔迈厄尼·李(Hermione Lee, 1948—),英国作家,著有不少女性作家的传记。

事件，这让故事稳固而坚实，足以令任何一个小说家艳羡。在我的阅读生涯中，要论用引人入胜的叙事交织出纷繁复杂的事实和技术细节，也许我能举出的最高妙的例子是瑞贝卡·斯克鲁[1]的《海里埃塔·拉克丝的不朽人生》(*The immortal life of Henrietta Lacks*)。

练习九

第三部分：暗示

长度都控制在 300~800 字。叙事者可以是介入作者或者客观作者。没有观点人物。

间接地描写人物：通过描述一个人经常去的地方，来反映这个人物——住宅、花园、办公室或者床，什么都可以。(这个人物当时不在场。)

未被言说的事件：通过对场景地的描写，让我们得以窥见事件或行动的气氛或者性质——房间、屋顶、街道、公园、风景，什么都可以——已经发生或即将发生什么的那个场景地。(这个事件或行动并不发生在你的纸上。)

不要直接讲与当事人或事件有关的任何东西，尽管实际上它们才是习作的主题。这是没有演员的舞台，这

---

[1] 瑞贝卡·斯克鲁（Rebecca L. Skloot, 1972—　），美国科普作家。《海里埃塔·拉克丝的不朽人生》是她的第一本著作，出版于 2010 年，在《纽约时报》的畅销书排行榜在榜长达 6 年多。

是行动开始之前的摄影机移动。文字能够比其他媒介做得更好，即使跟电影相比较。

使用任何你想用的道具：家具、衣服、行李、天气、历史时段、植物、石块、味道、声音，任何东西。把感情误置*（Pathetic Fallacy）利用到极致。聚焦一切能够揭示人物、暗示事情已经发生或预示事情即将发生的道具和细节。

记住，这是一种叙事策略，是故事的一部分。你描写的每一个对象都为推动故事而存在。安排一系列迹象，构筑出一致、连贯的情绪或气氛，让我们可以推测、瞥到，或者依靠直觉感知那个不在场的人物或者未被言说的行动。仅仅开列物品清单是徒劳无益的，而且会让读者厌烦。每一个细节都必须开口。

如果你觉得"暗示"是一个有趣的练习，你可以重复做上述这两个练习。这一次，放下作者的声音（Authorial Voice），用一个故事中的人物的声音来描述这个场景。

～～～～～～～～～～～～～～～～～～～～～～

注：在描述性的写作里，要时常考虑调动各种感官，而不只是用眼睛。首先，声音是能勾起感情的。描述气味的词汇有限，但提及某种香味或臭味，就能建立一种情感基调。对于客观作者来说，味觉和触觉是禁区。而介入作者则可以向我们描述东西拿在手上的感觉，尽管我不认为

介入作者确实品尝过如此鲜美多汁的水果,或者从积满灰尘的木碗里拎出过一只如此腐败的果子。不过,一旦故事中的一个人物这样讲述,所有的感官便开始活动了。

练习九的可选附加练习:解释性肿块

像所有作者一样,我的工作坊成员对解释性肿块这个概念很有兴趣,他们想做一个专门针对它的练习。我跟他们讲,我构思不出题目。他们说:"你编造一些信息,让我们把它们转化成一篇叙事文就行了。"一个令人愉快的想法,容我天马行空地去虚构,而你则不得不完成所有困难的工作。

我对现实世界了解得不多,所以我提供的是一个奇幻的主题。不要害怕,这只是个练习。做完练习,你马上就可以永远回到现实世界。

选项一: 奇幻的肿块

研究这段编造的历史和虚构的信息,直到烂熟于心。然后把你的故事或场景建构在其上。下笔的时候,在文字中混入这些信息:把它们打乱,分散,让它们溜进对话和行为叙事中,或者插在任何不至于显得臃肿的地方。依靠暗示,旁敲侧击,轻描淡写地讲述它们。不要让读者意识到他们在被灌输知识。同时用足够多的内容,以便读者能够完全理解女王所处的境地。我想，这需要两三页篇幅，也许更长。

　　哈拉斯王国曾经由女王统治，但近一个世纪来，男人取而代之，女人被推挤出了权力核心。二十年前，在一场同恩内迪人的边境战役中，年轻的国王佩尔失踪了。恩内迪人是魔法师，哈拉斯人从未修习过魔法，因为他们信仰的宗教认为，魔法会冒犯九女神的意志。

　　没有人知道国王佩尔的下落。他留下一个妻子，但没有子嗣。觊觎王位的人都被女王的守护者朱萨将军击败了，然而，整个王国却也因为内讧疲惫不堪，一蹶不振。

　　在我们的故事发生的时候，恩内迪人一直威胁要入侵东部边界。朱萨将军借口保护女王安全，把这个四十岁的女人囚禁在了一座遥远的高塔上。实际上，他惧怕女王，而且他心存焦虑，听传言说，有一位神秘人物曾到宫中秘密拜访过女王。这个人也许是叛军的首领，有人说他是女王的私生子，也有人说是国王佩尔，或者是恩内迪魔法师，或者是……

轮到你了。你无须写一个完整的故事，描绘一两个包含足够信息的场景，让一个没有接触过这些信息的读者理解就够了。囚禁女王的高塔是个不错的地点，适合故事的展开。选择一个你喜欢的视角。给女王起个名字。

选项二：真实的肿块

这个选项是为回忆录作者们准备的。因为它处理的是现实经验，所以我没法给你提供素材。回想一个你谙熟于心，而且包含一系列特定行为的复杂步骤：比如说，制作一个面包、加工一块珠宝、盖一个谷仓、设计一款服装、玩二十一点扑克或者打一场马球、驾驶一艘船、维修发动机、布置一场会议、固定骨折的腕部、安装电脑字体……描写一个并非所有人都了解的东西，这样一来，读者才会有兴趣倾听这些步骤。

如果你大脑一片空白，找一本百科全书，翻到一个条目——可以是某个一直困扰你的问题：如何手工造纸，如何装订一本书，如何钉马掌，什么都可以。你要调动想象力，充实感官细节，让描述变得有血有肉。（几乎可以肯定，对于这种方式来说，工业流程可能太过复杂了，不过，如果你对某个流程非常了解，那么你已经找到了一个绝佳的主题。）

描绘一个场景，至少包含两个人，描述中要出现上述一系列动作，可以穿插进对话里，作为谈论话题，也可以是实实在在的人物动作。描述要翔实而具体。避免使用术语，不过如果这个行为过程有自己的行话，使用它也无妨。不管这个行为过程是什么，把步骤清楚明了地展示给读者，但是同时，不要让步骤变成整篇文字的主旨。

要是卸掉压仓物,
我们马上就能到那儿。

第十章

跟随故事的律动：聚集与跳跃

初次在工作坊中执教时，在尝试过书中这些练习之后，我突然想起，在叙事技巧里有一些东西我还没有提到。它关乎故事里包含了什么，省略了什么；它关乎细节；它关乎焦点——句子、段落和整篇作品的焦点。我称其为聚集与跳跃，这两个词用物理的方式描绘了整个过程，很对我胃口。

"聚集"，就是济慈对诗人们说的"把每一个缝隙都塞满宝矿"[1]。我们劝告自己避免浮华的语言和陈词滥调，能用简明扼要的两个词，就不用含糊不清的十个词，总是寻找生动的短语、确切的词汇。"聚集"同样指让故事丰满，

---

[1] 出自济慈致雪莱的一封信："要更像一个艺术家，把你主题的每一个缝隙都塞满宝矿。"("Be more of an artist, and load every rift of your subject with ore.")

让一切充盈其中，不断运动，从不懈怠，从不滑入可有可无的枝节里。保持内部的相互关联，前后都要有回响和照应。生动、具体、精准、稠密、丰富：这些形容词界定了一篇聚集了情感、意义和言外之意的文章。

然而，跳跃同样重要。跳过的就是你略去的部分。而你略去的总是比你留下的要多。词语的周围要留白，声音的前后是寂静。罗列不是描写。切题才能得其所哉。有人说细节中有上帝，有人说细节中见魔鬼。他们说的都对。

如果想在叙述中囊括一切，你就会像博尔赫斯《博闻强记的富内斯》[1]里可怜的富内斯那样。如果你还没读过这篇小说，我衷心地推荐给你。过于密集的描写会阻塞故事，并且会让它们自己窒息。（举个被语言窒息而死的例子，古斯塔夫·福楼拜的《萨朗波》[2]。如今，福楼拜被拥戴成了万众的模范，他那些贴切的字眼（mot juste）*也成了陈词滥调，于是乎，旁观他人没入贴切字眼的流沙之中成了一件有益身心的乐事。）

谈到策略，我会说请在第一稿里放开手脚填充一切——巨细靡遗，哩哩啦啦，把所有东西放进去。然后在修改的时候，思量哪些地方无足轻重、颠来倒去，哪些地

---

[1] 博尔赫斯于1942年发表的小说，表现了对无限细节的恐惧。
[2] 福楼拜的历史小说，小说的背景放在公元前三世纪的迦太基。出版于1862年。

方拖慢或阻滞了你的故事，把它们剪掉。挑出有价值的、言之有物的部分，剪切重组，直到剩下的全都可丁可卯。大胆地跳跃。

动作描写常常过于密集，导致不能快速或大幅度地跳跃。我们都读到过这样的关于战役或体育赛事的描写，它们试图详尽地描述，到头来却满是困惑与乏味。很多动作有与生俱来的相似性——英雄斩掉了一个骑士的脑袋，然后又一个，接着再一个——然而仅仅暴力本身不会让它变得有趣。

要说动作描写的绝佳例子，翻开帕特里克·奥布莱恩的奥布雷-马图林[1]系列小说里的任意一场海战，展卷读一读。读者需要知道的都在里面，再无其他。每个时刻，我们都清楚自己身在何处，发生了什么。每个细节都丰富着画面，加快了动作。语言清朗澄澈。所有感官细节无不强烈、简洁、精确。从头到尾你都会感到手不释卷。

一个技艺高超的作家能够用寥寥数语讲述出丰富得令人惊叹的故事。看看例18中弗吉尼亚·伍尔芙笔下弗洛伊德先生的一生。（弗洛伊德先生是校长，小弗兰德斯太太九岁，他突然向她求婚了，阿彻、雅各和约翰是她的儿子；

---

[1]《怒海争锋》是奥布莱恩从1969年起创作的系列小说，一共有20部。小说以杰克·奥布雷船长和斯蒂芬·马图林医生为中心展开。

她是个寡妇。）

例 18

选自弗吉尼亚·伍尔芙的《雅各的房间》

"我怎么能想到结婚呢。"她用一截铁丝扎牢大门，喃喃地自言自语。那天晚上，孩子们都睡了，她回忆起弗洛伊德先生的容貌，心想，她从来不喜欢红头发的男人。她把针线盒推到一边，抽出吸水纸，拉到面前，又把弗洛伊德先生的信读了一遍，看到"爱"这个词，她胸口上上下下地跳，这次跳得没那么快了，因为她看见约翰尼正在撵一只鹅，心下明白，她不可能再嫁给任何一个人——更不用说弗洛伊德先生了，比自己年轻那么多，是个多好的人，又那么有学问。

"亲爱的弗洛伊德先生"，她写道——那块奶酪是不是落下了？她突然想到，搁下笔。哦，没有，她已经告诉丽贝卡奶酪放在大厅了。

"我非常惊讶……"她写道。

但第二天清早，弗洛伊德先生在桌子上发现的那封信不是以"我非常惊讶"开头的，那是一封母性的、恭敬的、不合逻辑又满是歉意的信，多年来他一直保存着它；好多年过去了，他跟安多弗市（Andover）的温布什结婚了，也离开这个村子好多年

第十章　跟随故事的律动：聚集与跳跃

了。他申请去谢菲尔德的一个教区，他办到了；临走的时候，他派人找来阿彻、雅各和约翰，向他们说声再见，跟他们说，自己书房里的东西，他们可以随便挑，以后看到它们时，他们就能想起他。

阿彻挑了一个裁纸刀，他不想选太好的东西；雅各挑了一本拜伦作品集；约翰还太小，做不了严格意义上的决定，他选了弗洛伊德先生的小猫，两个哥哥都觉得这个选择荒唐至极，但他对弗洛伊德先生说："它的毛跟你的头发一样。"接着弗洛伊德先生聊起了皇家海军（阿彻正要去那儿参军），谈到了拉格比（Rugby）公学（雅各要去那儿就读），第二天，他接到一个银托盘，动身了——先去谢菲尔德，在那儿他认识了正在拜访伯父的温布什小姐，接着去了哈克尼区，然后去了梅尔斯菲尔德（Maresfield）学院，成了那儿的院长，最终，他成了一套非常著名的《教会名人传》的编者，退休后，他带着妻儿去了汉普斯特德（Hampstead），人们经常看到他在羊羔池塘的岸边喂鸭子。至于佛兰德斯夫人的信——他后来想起的时候，怎么都找不到了，他也不方便问妻子是不是她收起来了。前阵子在皮卡迪利大街见到雅各，他愣了半晌，才想起那是谁。雅各已经长成了一个优秀俊俏的年轻人，弗洛伊德先生不想在大街上叫住他。

"哎呀，"佛兰德斯夫人在《斯卡伯勒与哈罗盖特信使报》上读到安德鲁·弗洛伊德先生如何如何，并且已经成了梅尔斯菲尔德学院的院长时,她说,"那准是我们的弗洛伊德先生。"

一层淡淡的忧郁飘落在餐桌上。雅各自个抹果酱吃,丽贝卡在厨房里跟邮差说话,一只蜜蜂在花瓣上嗡嗡飞舞,黄花冲着敞开的窗户频频点头。换句话说,当可怜的弗洛伊德先生当上梅尔斯菲尔德学院院长的时候,他们都还活着。

佛兰德斯太太站起身,踱到火炉围栏旁,轻轻抚摸着黄玉耳根后面脖子上的毛。

"可怜的黄玉。"她说。(弗洛伊德先生的小猫如今已经成了一只老猫了。它耳朵后面长了一块疥癣,活不了几天了。)

"可怜的老黄玉。"佛兰德斯太太说,猫在阳光下面伸了伸懒腰。想起她怎样给它做的节育,她又是怎样不喜欢红头发男人,她笑了,笑着进了厨房。

雅各掏出一块脏兮兮的手帕抹了抹脸。他上楼去了自己的房间。

这是个光速般推进的短小传记,它最令人惊讶和意味深长的地方在于,它的焦点其实根本不在弗洛伊德先生。它之所以存在,是因为它映照了这部小说名义上的主人公雅各——映照了雅各的世界——以及雅各的母亲,小说以她的声音开头,也以她的声音结尾。读起来,这个段落的确活泼有趣。它似乎信马由缰,无关宏旨。《雅各的房间》

里大部分内容都是这样，没有主干。伍尔芙省略了解释，让联系自行发生。伍尔芙为聚集与跳跃提供了一个极致而出色的例子。小说在一瞬间跨过数年，略掉了主人公生命中大段大段的经历。雅各很少成为观点人物，但我们却能通过其他人物与雅各之间不言明的关系，渗入很多人鲜活的思想里。小说没有情节，全书的结构由一系列看上去偶然的瞬间和晕影构成。从开头第一字到最后精彩的结尾，整本小说的推进不疾不徐，安定而平稳，如同一部希腊悲剧。不管谈论的是什么，伍尔芙的焦点一直是雅各；她从未踏入歧路；书中的一切都围绕着她要讲的这个故事。

在这种"矛盾的焦点"（Paradoxical Focus）中练习，是练习 9 第三部分"暗示"的目的之一，也是下面两个主题的目的之一。

关于故事的探讨

我把故事定义为对事件（外部的或心理学的）的叙述，它蕴含着变化，在时间中运动，或者说它暗示了时间的流逝。

我把情节定义为由动作构成的故事形态，它常常以冲突的形式出现，依靠因果链紧密而复杂地缠结在一起，以高潮为结束。

高潮是某种愉悦，情节是某种故事。有力、匀称的情节本身就能产生愉悦。它可以在一代代人手中重复出现。它提供了一种叙事的框架，初出茅庐的作者会发现它弥足珍贵。

但大多数严肃的现代小说不能被简化为一个情节梗概，也不能在复述中被完整地复现，除非用它自己原本的语言。故事不存在于情节之中，而存在于讲述之中。是讲述在运动。

现代主义者的写作手册常常建议让相互冲突的故事并置。这样的简化论反映了一种文化，它放大了攻击性和冲突，同时对其他的行为选项视而不见。任何一种复杂的叙事都不能建立或缩减到一个单一的元素上。冲突只是行为的一种。其他行为也无所不在，比如讲述、寻找、失去、忍受、发现、离别、变化……在任何人的一生中，它们都同样重要。

变化是所有故事共同的源头。故事是运动，是发生，是变化。

讲故事的时候，我们不必套用一个死板的结构，但我们需要一个焦点。它讲的是什么？讲的是谁？不管是隐是显，这个焦点是一切的中心，是故事中所有事件、人物、言论以及行为最初或最终的参照。它可以是一个单纯或单一的东西、人或者想法，也可以不是这些东西。也许除了整个故事中所有的语言，任何语言都无法表达它。但无疑它在那儿。

故事同样需要吉尔·巴顿·沃许[1]所说的"轨道（Trajectory）"——它并不是有待遵循的轮廓或大纲，而是需要跟从的一种运动：不管运动的形态是开门见山、峰回路转、往复轮回，还是古怪无常，这种运动永不停息，任何一个段落都不能从中完全分离出来，每个段落都以各自的方式支撑着整体。这个轨道是故事作为整体的形态。它的运动总是朝向终点，而终点总会在起点被暗示出来。

聚集与跳跃同焦点和轨道密不可分。所有被添加进来用来在感官、知识和情感上丰富故事的元素，必须焦点清晰——构成故事中心焦点的一部分。而每一次跳跃都必须落脚于轨道，顺应整体的形态和运动。

针对如此广泛的话题，我没办法想出一个对应的练习。但是，这里有最后一个对我们大家都有帮助的练习，尽管我们也许不会太喜欢它。我称之为：

练习十：一件可怕的事等着你去做

在你写过的叙事文练习中找个篇幅略长的——任何一篇超过800字的都可以——然后把它砍掉一半。

如果练习中没有合适的，那就随便挑一段自己从前的

---

[1] 吉尔·巴顿·沃许（Jill Paton Walsh, 1937— ），英国小说家、儿童文学作家。

习作，长度在 800 到 1500 字之间，然后做下面这件可怕的事。

并不是说仅仅找些枝枝节节，修修剪剪就足够了——尽管这也是其过程的一部分。我指的是，数清有多少个字，把字数削减一半，同时维持清晰的叙事和鲜活的情感冲击，不要用大而化之的概括替代细节，不要用"不知为何"这几个字。

如果你的习作中有对话，不要犹豫，把任何对话都坚决地砍掉一半。

～～～～～～～～～～～～～～～～

这样的去芜存菁是最专业的作者们时常不得不做的事。这是个不错的练习，也是一种切实的自律行为。它会带来启发。在被迫细心掂量笔下词语的过程中，你区分出了真金和浮沫。冷峻的裁剪强化了你的风格，推动你同时进行聚集和跳跃。

除非你有非同寻常的词语储备，或者你足够明智和老练，能够在写作的同时完成裁剪，否则在重读修改时，你总要砍掉重复的内容、不必要的解释和各种各样的蛇足。有意识地利用修改的机会，思考在必要时，哪些可以被清除出去。

其中可能就包含你最中意、最精彩、最值得称许的句子或段落。我允许你在裁剪它们时轻轻地叹息或流泪。

安东·契诃夫提出过一些修改故事的建议：首先，他说,扔掉前三页。当我还是一个年轻作者的时候,我觉得世上如果存在过一个懂得短篇小说的人,这个人就是契诃夫。我真的希望他错了,但毫无疑问,他是对的。当然,这取决于故事的长度;如果故事非常短,你可以只把前三段扔掉。但也有一些手稿,契诃夫放下了他的剃刀。在开始一个故事时,我们都倾向于拉拉杂杂,做过多的解释,设置大多没必要设置的东西。然后,我们终于找到了自己的路,开始往前走,于是故事开始了……这常常刚好是故事的第三页。

修改的时候,有个不成文的规矩,如果能剪掉开头,就剪掉它。如果某些段落过于醒目,把主线晾在一边,支在别处,试着把它拿掉,看看故事有什么变化。很多时候,本以为删减过后会留下一个断层,却发现余下的部分了无痕迹地缝合在了一起。仿佛故事或作品本身具有某种形态,你一直在努力接近它,而只需清理掉冗词赘语,它就能成为那个形态。

挥手告别码头

有些人认为艺术是一种控制。而在我眼中,它更是一种自我控制。就像这样:我脑中有个故事想要被讲述。它是我的目的,我是它的工具。如果我能够把自我、期望和观点、我多余的想法统统清理出去，找到故事的焦点，跟随故事的律动，故事会自动地讲述它自身。

在这本书里，我谈到的一切都与一句话有关，即让故事自己讲述：获得写作能力，掌握写作技艺，在那只神奇的小船经过的时候，你就能够踏上甲板，引导它，让它去想去的地方，去它应当去的地方。

附录 1

同侪小组工作坊

　　写作工作坊取代了课堂上的"创意写作"教学。很多时候，课堂教学收效甚微，而工作坊则基于相互学习的宗旨，以实用的方法收获了不错的成效。

　　换言之，如果遵守规矩，就能收获成效。有些人自认为崇尚自由精神，觉得相互协作所需的自制力给他们的天分强加了不堪忍受的限制，这些人不会从工作坊中受益。回头想想，如果在我二十岁出头的时候就有这样的工作坊，我会不会甘愿接受它的条条框框呢？但毕竟那时候它还不存在。由一个人或者一个同侪小组引导的写作工作坊，是好多年以后才出现的。当然，不合我胃口的东西确实不少，比如发信息和吃甘蓝脆片。

　　有些作者出于某些原因，不能定期出现或者羞于面对面交流，线上工作坊为他们提供了一个宝贵的机会。对于一个渴望与其他作者一起分享文字、共同评价和探讨，却又苦于孤单一人或家务缠身的人来说，不管是加入线上小组还是线下工作坊，都是件了不得的事情。我只有在线下工作坊中交流和教学的经验，但我希望，经过些许改动，能够把自己在线下工作坊中这些普遍的观察和建议应用到虚拟的在线交流小组上。

成员

同侪小组工作坊最适宜的人数是六七个人，最多不要超过十一二个。少于六个人的小组会发现缺少不同观点，聚会时到场的可能只有两三个人；而超过十二人的小组则需要对每个月的阅读做大量的准备工作，每场聚会的时间也会相当长。大多数小组每月一次聚会，事先要做好周密的安排。

同侪小组中，如果成员们的成就不分上下，效果最好。多样性是可接受的，甚至是宝贵的，不过严肃地磨炼技艺的那些成员渐渐会因为小组里某些没有真正追求、敷衍了事的人而气馁，无拘无束的人也会因他人的严肃而感到乏味。成熟的作者会觉得不得不评价新手的作品是种剥削，而新手也会在有经验的作者面前感到畏缩和压抑。在基本行文风格，包括标点、句子结构，甚至拼写的认识上如果有巨大差异，都可能会让彼此变得非常不自在。当然，也有一些小组，尽管包含着广阔的多样性，却相处得融洽无间。关键是要找到一群正确的人，你能够信赖的人。

习作

把成员的习作分发给小组，曾经需要纸张、邮票、时间诸如此类的东西，如今只需点一下"发送"就可以了。在线下工作坊里，习作应当在聚会或讲习会举行前一周发给每个人，这样他们就可以提前阅读、思考、做一些注释。迟到的习作将得不到及时的评价，只能等待下次机会。虚拟的线上小组必须决定，是收到习作后马上通过社交平台开始评论交流，还是把讨论限定在某个时间段，照顾到那些只能把有限的时间留给阅读、评论和完成自己作品的人。

我希望你给每一个习作设定一个长度限制。一旦找到合适的长度，就坚决不要再变。我建议限制字数，而不是页数，因为某些絮叨的作者会曲线救国，使用小号字体和窄页边距，在一页纸中铺上 1500 个字。

如果你们是面对面交流，如果小组中每个人在评论开始前，都想听听习作中某些段落的朗读，你一定要去读，聆听作者的声音如何"解读"作品是一件乐事。在诗歌工作坊里，大声朗读是一种标准作业程序（standard operation process）。当然，对于一个叙事文小组，它也许占用了太多时间。大声朗读是一种表演，可能会隐藏作品的瑕疵和模糊之处。对大多数听者来说，它匆匆而过，不好做评论笔记。而且，大部分叙事文章终究是用来默读的。作品必须能够在纸面上解释自身，使自己被打算出版或不打算出版它的编辑"听到"，被所有它的读者听到。（然后，如果它成功了，也许它会得到一个有声书版本。）如果这是个严肃的作品，它理应被严肃地阅读和对待，在孤独之中，在静默之中。我认为那种缓慢、沉默、理性的阅读是写作小组能给予它的最高荣誉。

阅读习作

每个人都写作，每个人都阅读。这是整个小组存在与否最基本的共识。对维系自己在小组中的成员身份而言，阅读工作坊中其他人的作品与完成和提交自己的作品同样重要。除了偶尔的例外，阅读时表现得漫不经心、拖拖拉拉和错漏百出，都是不可原谅的。

细节、拼写和语法上的改正，以及一些小的疑问最好直接标注在习作上，以便会后交还作者，供他学习提高。

在线小组必须找到这样做的途径,一个通行的办法是在电脑上使用相同的编辑软件。

评论

"评论"是个丑陋的、技术性的、实用的词……但评论却是写作小组不可或缺的基本功能——同完成规定的习作同样重要。

今天,除非人们可以用网络电话成立一个小组,评论是必须要写的。在实体小组中,笔记和评注可以标在习作上,也可以反馈给作者,但它们不能代替口头的评论和讨论。对作者来说,很多时候,评论讲习会和与整个小组交流合作的经历是最宝贵的。

轮换

每人对每一个作品都要做评价。

在线上,评论只要被发表,就可能被阅读;顺序并不重要。但在现实的会面中,它却至关重要。每篇提交的习作都应当依照次序被评价。小组中每一个人(作者除外)都按顺序发言。

理想状况下,自由的评论是可能的——想表达的人站出来表达,没有时间限制,也不做轮换的要求。但是,在确定小组中没有不善言辞的人,也没有口无遮拦的"大嘴巴"之前,不要尝试它。任何人都不能掌控讨论。对于工作坊来说,相互的尊重和信任至关重要,自由的评论不允许膨胀的自我向沉默和羞怯施压。很多——也许绝大多数——同侪小组数年如一日地举行定期的评论,按照顺时针排序这种最公平也最没有压力的方式做轮换。

协议

任何评论都必须:

简短。

不被任何人打断。

关注作品的重要方面。(吹毛求疵的小问题应当标在习作上。)

客观。(完全忘掉你对作者本人性格和意图的了解。讨论的是作品,而不是作者。即使作品是自传性质的,也应当说"叙事者",而不是"你"。)

在轮到你进行口头或邮件评论的时候,不要挑战其他评论者的观点。不要奚落,不要贬低,不要挑起事端。

延展小组的讨论,但不要重复观点。如果你同意詹姆斯的评价,讲出来。如果你不同意比尔的话,不含敌意地讲出来,然后解释清楚,是哪里、如何让你不同意。

要记住,第一印象很可能相当重要,即使第一次阅读时你的第一反应是种误解。无论如何,当作者把作品交到编辑手中时,一切都取决于编辑的第一印象。不要因为提出幼稚的问题或回应而妄自菲薄,但要小心确保你的言语没有任何敌意,而且你只有一个目的,就是尝试提升习作的水平。

评论文章应倾向于关注出错的地方。为了让自己的评价起作用,负面评论应当指出订正和改善的可能。告诉作者,是哪里让你迷惑、让你惊奇、让你分神,或哪里让你兴奋,哪个段落最合你胃口。至少,让作者知道什么奏效了、什么地方他做对了,也是好事一桩。

对作品的总体品质做野蛮的负面判断也许会激起作者的愤怒,让他拒绝听取你的意见,甚至对作者造成实际而持久的伤害。虐待狂式的评论者以为自己有将作品贬斥得一文不值的特权,那种认为评论判断具有权威性,认为恶言中伤能使人接近艺术家的观点——依然存在着,但在工作坊中没有它们的一席之地。同侪小组建立在相互信任和尊重的基础之上,在这儿,支配性的自我和自卑性的奉承都是不受欢迎的。

讲给作者,而非讲给其他人。

你可能只问作者一个直接的、事实性的、是或否(yes-or-no)的问题,也许你需要先把你的问题告诉小组,获得他们的赞同后,再提出来。这样做的原因是,小组里的其他成员也许不想知道这个问题的答案。你想问的问题也许是这样的:"你是在说我们不了解黛拉的母亲是谁吗?"而其他人也许更倾向于像平时阅读叙事文章时那样,在假设自己对作者一无所知的情况下阅读,他们不会从这个基础上提出问题,做出判断。如果一个问题需要作者做冗长的解释或抗辩,那就不要问。如果文本本身没有回答这个问题,最有益的事情或许是做一个评注,标出这个问题,让作者在稍后修改的时候有机会改正。

关于修改方法的建议也许是有价值的,但是,即便你对自己的方法非常自信,也必须有礼貌地提出来。应当记住,整个故事终归属于作者,而不属于你。

不要说这个故事让你联想到某个文学作品或某部电影。尊重文本本身。

关心整个故事讲的是什么;它尝试完成什么;它如何实现自己;它如何能更好地达到目的。

如果你的小组里有些成员习惯性做冗长啰唆的评论,你可以给小组找一个厨房计时器,给每个评论设定若干分钟的时限,而虚拟小组则可以设定字数限制。

一个容忍自我中心、乏味无聊和胡言乱语的小组不会长久。质量是基本要素,互相帮助是基本要素。

在线下小组里,当人们都控制评论的长度时,讲习会大概会以一个整体的自由讨论结束,这常常是它最有价值的部分。我想，线上的相互作用大约也是类似的形态。在这样的自由讨论中，小组会收获"聚会的意义"。当然，它也有可能以见仁见智的不同观点为结束，不过其充实感和兴奋感是一样的。

接受评价

沉默的规则：在整个讲习会开始前和讨论过程中，故事的作者是沉默的。

作为作者，不能提供任何事先的解释或借口。

如果被要求回答一个问题，要确保整个小组都希望你这样做，回答要尽可能简短。

在被评论时，记下人们对你故事的评价，即使那听起来很蠢。它的意义也许以后才会浮现出来。记下不同人口中不约而同的看法。在线上评论时，也要这样做。

在针对你习作的讨论结束的时候，如果有什么话要说，就说出来。要言简意赅。不要滑向抵触的情绪。如果自己的作品里有一个问题没被问到，在这时候提出来。到那时为止，对这些卖力的评论家的最好回应是说声"谢谢"。

沉默的规则看上去失之武断。但并不是这样。它是整个过程中的一个基本的——有时候我甚至觉得是本质的——要素。

作为作者，要说在自己的作品被批评时没有一点抵触是不可能的。通常你会渴望解释、回答、指出——"哦，但是你看，我的意思其实是……"；"哦，我正准备在下一个草稿中这么做来着。"如果不允许这么做，你就不会浪费（你和大家的）时间去做这些事了。相反，你会倾听。因为不能回应，你也就不会殚精竭虑地在头脑里组织答案。你所能做的只有倾听。你能听到人们从你的作品中得到了什么，他们认为哪里需要改动，他们理解了什么，误解了什么，喜欢哪里，讨厌哪里。而这正是你的目的。

在网络上，如果你遵守沉默的规则，不对评价做回应，那么评论者们就会互相回应。在这样的交流中，他们的评价会转化、发展和深化。你的工作则是阅读它们，思考它们，记下笔记。在最后，向他们说声谢谢。

如果你真的忍受不了沉默的规则，也许是因为你并不是真的想知道他人如何回应你的作品。你选择让自己去做它最初和最终的评判者。这种情况下，你不会享受在小组的时光。但这也完全 OK。这只是个性格问题。有的艺术家只能在孤独中工作。在一个艺术家的一生中，有些阶段他需要某个团体的激励和反馈，有些阶段，他又倾向于独自工作。

归根结底，不管是孤军奋战还是加入一个小组，你的审判官是你自己，做决定的也是你自己。总归，艺术的纪律是自由。

附录 2

术语表

感染（Affect）：

名词，重音在第一个音节；指的是感觉、情绪。而不是影响（effect）。

押头韵（Alliteration）：

"庙里白猫骂庙外黑猫是只馋猫"[1]就是个押头韵的句子。

架构（Armature）：

一个框架，就好比摩天大楼的钢结构。

铰接的（Articulated）：

连接，串在一起，比如"铰接的骨架"（articulated

---

[1] 原书中的例子是："Peter Piper picked a peck of pickled peppers" 和 "Great big gobs of greasy grimy gopher guts"。

skeleton）和"铰接巴士"（articulated bus）。

子句（Clause）：

子句指的是一个词语的组合，它包含着一个主语和一个谓语。

这句话的主干——"子句指的是一个词语的组合"——可以独立存在，它被称作主句。其主语是名词"子句"。谓语是动词"是"，以及直接宾语"词语的组合"。由于它是主句，这些词也被看作整个句子的主语和谓语。

从句不能独立存在，只能与主句关联。在上面这个句子里，从句是"包含着一个主语和一个谓语"。它的主语是"它"，谓语是"包含着一个主语和一个谓语"。

在表达复杂的思想的时候，子句可以以纷繁复杂的方式与其他子句相连，就像中国套盒，打开一个盒子，里面还有一个，也就是所谓的"嵌套式"。

（这个句子里的嵌套子句是"打开一个盒子，里面还有一个"。）

口语的（Colloquial）：

与书写语言相对的口头语言；或者文字中那种模仿说话的随便、自然的口气。我们举出的那两个马克·吐温的段落是口语化写作的绝佳例子。绝大多数叙事文不会通篇采用口头语言，即便它不是非常正式。

评价（Critiquing）：

在同侪小组或工作坊中就一个作品进行讨论的过程。用这个特殊的词代替批评（criticizing），也许是因为"批评"带有些许负面意味，而"评价"一词听起来则是中性的。

装饰符号（Dingbat）：

我们都或多或少知道些装饰符号。它也可以是一个小小的图像或装置，在文字中用作装饰或者强调停顿及打断，就像这样：

嵌套子句（Embedded clause）：

见"子句"。

语法（Grammar）：

语言的基础系统；使词语表达意义的规则。在不清楚规则的情况下，人们也可以有不错的语感，但要想明智地打破规则，你首先得了解这些规则。知识就是自由。

隐喻（Metaphor）：

一种暗示性的对比和解释。不说 A 像 B，而说 A 是 B，或者用 B 来暗指 A。不说"她像一只羊羔一样和气、温顺和可爱"，而说"她是只小羊羔"。不说"我像一头在草地里东尝一口西尝一口的牛一样,拿着书翻来翻去",而说"我在胡乱啃书"。

隐喻性语言的用法数不胜数。大多数脏话都是隐喻:"你个傻帽!""那个老臭屁。"作家需要当心的是那些常见的死隐喻[1](dead metaphor),若是把它们掺在一起,简直是梦魇:"部门里每个人都将戴上他的思考帽(put on his thinking cap),来到平头铜钉(brass tacks),然后踢屁股(kick ass)。"[2]

格律(Meter):

有规律的韵律或节奏。哒-咚-哒-咚……嗒咚嗒咚嗒咚……叮叮咚、叮叮咚、叮叮咚咚咚……如果在散文里铺展出超过一定长度的格律出来,它就不再是散文,而变成诗了,不管你喜不喜欢。

贴切的字眼(Mot juste):

法语,意思是"恰当的用词"。

拟声词(Onomatopoeia):

听其发音就能知道其意义的词语,"嘶嘶""啧啧"或者

---

[1] 死隐喻,指通过长期使用而失去其隐喻义的词或短语。

[2] 原文为 "Everybody in this department is going to have to put on his thinking cap, get down to brass tacks, and kick ass."。这句话的意思是:"部门里每个人都开始思考,着手去做,然后搞定一切。"

"窸窸窣窣"就是拟声词。至于拟声词（Onomatopoeia）这个词本身，听起来就像喃喃的"onna-matta-peeya"。

词类（Parts of speech）：

词语的分类，依它们在句子中的作用而定，比如名词、代词、动词、形容词、副词、介词。也许这些名称会召回你校园里的惨痛回忆，但没有这些名称，便没法评论语法，也没法理解对语法的批评了。

感情误置（Pathetic fallacy）：

一个经常被误用的词。它的本意指的是，一段融入或反映了人类情感的描写风景、天气或者其他事物的文字。

同侪小组（Peer group）：

一个定期组织会面，来阅读和讨论彼此作品的作家小组，一个无领导者小组工作坊。

（动词的）人称［Person（of the verb）］：

在英语中，动词有六种时态，三种单数，三种复数。下面的例子是规则动词［工作（work）］和不规则动词［是（be）］在现在时态和过去时态下的不同形式。

第一人称单数：

我工作（work）；我是（am）/我工作了（worked）；我曾经是（was）

第二人称单数：

你工作（work）；你是（are）/你工作了（worked）；你曾经是（were）

第三人称单数：

他（她、它）工作（works）；他（她、它）是（is）/他（她、它）工作了（worked）；他（她、它）曾经是（was）

第一人称复数：

我们工作（work）；我们是（are）/我们工作了（worked）；我们曾经是（were）

第二人称复数：

你们工作（work）；你们是（are）/你们工作了（worked）；你们曾经是（were）

第三人称复数：

他们（她们、它们）工作（work）；他们（她们、它们）是（are）/他们（她们、它们）工作了（worked）；他们（她们、它们）曾经是（were）

只有在现在时的第三人称单数这种情况下（对于不规则动词"to be"，则是在现在时的任意人称单数的情况下），人称和单复数才会影响动词的形式。

残缺句（Sentence fragment）：

用句子的片段替代了一个完整的句子。

一个句子包含有一个主语（名词、名称或者代词）和一个谓语（动词和它的宾语）。（这句话的主语是"句子"，谓语是"包含有一个主语和一个谓语"。）而残缺句要么缺少主语，要么缺少谓语，要么两者都没有：

不能是残缺句！
去哪？
太晚了，太晚了。

我们一直都在用这样的句子说话和写作；但是在文章里，那些略去的部分必须要清晰地在上下文中暗示出来。在对话中重复使用残缺句，会显得笨拙和做作。

明喻（Simile）：

用"像"或"好比"做比较的比喻："她马上红得像一只火鸡。""我的爱好比一朵红红的玫瑰。"明喻和隐喻之间的不同在于，在明喻中，对比或描述是坦率的——"我像鹰一样观察"——而在隐喻里，"像"或"好比"就消失了："我是一个摄影机。"

意识流（Stream of consciousness）：

一种小说的模式或口吻，其首倡者是小说家多罗西·理查森[1]和詹姆斯·乔伊斯，通过它，读者得以分享观

---

[1] 多罗西·理查森（Dorothy Miller Richardson, 1873—1957），英国作家和记者，最早使用意识流的叙事手法的作家之一。在创作中，她强调女性体验的重要性和独特性。

点人物每时每刻的经验、反应和思考。尽管通篇意识流的小说会有种逼仄的感觉，但在长篇作品中，意识流的段落是常见而且有效的，而且这种模式在短篇作品和现在时叙事里也同样适合。

句法（Syntax）：

"（2.）词语的排列（以适当的形式），表征了它们在一个句子中的连接和关系。"——《简明牛津英语词典》

从前，对句法结构的认知是通过框架图教学建立的，它对任何一个作家来说都是个实用的技能。如果你能找到一本老语法书，上面展示了图解句子的方法，那就看一看；你会很有启发。它也许会让你意识到，一个句子就像一匹马一样，有一个骨架，而这个句子或者马如何行走，完全取决于它的骨架是如何建构的。

对句子的布局、连接以及词语之间联系的敏锐嗅觉是叙事文作者必备的武器。你不需要知道句法的所有规则，但你应当训练自己，使自己能听到它、感受到它，然后你就能够能体察到，何时一个句子纠缠不清、踯躅不前，何时它又在轻快自由地奔跑。

时态（Tense）：

动词的几种形式，表征着动作发生的时间。

附录 3
范例原文

Example 1

Rudyard Kipling: from "How the Rhinoceros Got His Skin" in *Just So Stories*

Once upon a time, on an uninhabited island on the shores of the Red Sea, there lived a Parsee from whose hat the rays of the sun were reflected in more-than-oriental splendour. And the Parsee lived by the Red Sea with nothing but his hat and his knife and a cooking-stove of the kind that you must particularly never touch. And one day he took flour and water and currants and plums and sugar and things, and made himself one cake which was two feet across and three feet thick. It was indeed a Superior Comestible (that's magic), and he put it on the stove because he was allowed to cook on that stove, and he baked it and he baked it till it was all done brown and smelt most sentimental. But just as he was going to eat it there came down to the beach from the Altogether Uninhabited Interior one Rhinoceros with a horn on his nose, two piggy eyes, and few manners. [...] And the Rhinoceros upset the oil-stove with his nose, and the cake rolled on the sand, and he spiked that cake on the horn of his nose, and he ate it, and he went away, waving his tail, to the desolate and Exclusively Uninhabited Interior which abuts on the islands of Mazanderan, Socotra, and the Promontories of the Larger Equinox.

Example 2

Mark Twain: from "The Celebrated Jumping Frog of Calaveras County"

"Well, thish-yer Smiley had rat-tarriers, and chicken cocks, and tom cats and all them kind of things, till you couldn' t rest, and you couldn' t fetch nothing for him to bet on but he' d match you. He ketched a frog one day, and took him home, and said he cal' lated to educate him; and so he never done nothing for three months but set in his back yard and learn that frog to jump. And you bet you he did learn him, too. He' d give him a little punch behind, and the next minute you' d see that frog whirling in the air like a doughnut – see him turn one summerset, or maybe a couple, if he got a good start, and come down flat-footed and all right, like a cat. He got him up so in the matter of ketching flies, and kep' him in practice so constant, that he' d nail a fly every time as fur as he could see him. Smiley said all a frog wanted was education, and he could do' most anything – and I believe him. Why, I' ve seen him set Dan' l Webster down here on this floor – Dan'l Webster was the name of the frog – and sing out, 'Flies, Dan' l, flies!' and quicker' n you could wink he' d spring straight up and snake a fly off'n the counter there, and flop down on the floor ag' in as solid as a gob of mud, and fall to scratching the side of his head with his hind foot as indifferent as if he hadn' t no idea he' d been doin' any more' n any frog might do. You never see."

Example 3

Zora Neale Hurston: from *Their Eyes Were Watching God*

So the beginning of this was a woman and she had come back from burying the dead. Not the dead of sick and ailing with friends at the pillow and the feet. She had come back fromthe sodden and the bloated; the sudden dead, their eyes flung wide open in judgment.

The people all saw her come because it was sundown. The sun was gone, but he had left his footprints in the sky. It was the time for sitting on porches beside the road. It was the time to hear things and talk. These sitters had been tongueless, earless, eyeless conveniences all day long. Mules and other brutes had occupied their skins. But now, the sun and the bossman were gone, so the skins felt powerful and human. They became lords of sounds and lesser things. They passed nations through their mouths. They sat in judgment.

Seeing the woman as she was made them remember the envy they had stored up from other times. So they chewed up the back parts of their minds and swallowed with relish. They made burning statements with questions, and killing tools out of laughs. It was mass cruelty. A mood come alive. Words walking without masters; walking together like harmony in a song.

Example 4

Molly Gloss: from *The Hearts of Horses*

His flock of chickens had already gone in roost, and the yard was quiet — chickens will begin to announce themselves hours before sunrise as if they can't wait for the day to get started but they are equally interested in an early bedtime. Tom had grown used to sleeping through their early-morning summons, all his family had, but in the last few weeks he'd been waking as soon as he heard the first hens peep, before even the roosters took up their reveille. The sounds they made in those first dark moments of the day had begun to seem to him as soft and devotional as an Angelus bell. And he had begun to dread the evenings – to wish, like the chickens, to climb into bed and close his eyes as soon as shadows lengthened and light began to seep out of the sky.

He let himself into the woodshed and sat down on a pile of stacked wood and rested his elbows on his knees and rocked himself back and forth. His body felt swollen with something inexpressible, and he thought if he could just weep he'd begin to feel better. He sat and rocked and eventually began to cry, which relieved nothing, but then he began to be racked with great coughing sobs that went on until whatever it was that had built up inside him had been slightly released. When his breathing eased, he went on sitting there rocking back and forth quite a while, looking at his boots, which were caked with manure and bits of hay. Then he wiped his eyes with his handkerchief and went into the house and sat down to dinner with his wife and son.

Example 5

Jane Austen: from *Mansfield Park*

As a general reflection on Fanny, Sir Thomas thought nothing could be more unjust, though he had been so lately expressing the same sentiments himself, and he tried to turn the conversation; tried repeatedly before he could succeed; for Mrs. Norris had not discernment enough to perceive, either now, or at any other time, to what degree he thought well of his niece, or how very far he was from wishing to have his own children's merits set off by the depreciation of hers. She was talking at Fanny, and resenting this private walk half through the dinner.

It was over, however, at last; and the evening set in with more composure to Fanny, and more cheerfulness of spirits than she could have hoped for after so stormy a morning; but she trusted, in the first place, that she had done right, that her judgment had not misled her; for the purity of her intentions she could answer; and she was willing to hope, secondly, that her uncle's displeasure was abating, and would abate farther as he considered the matter with more impartiality, and felt, as a good man must feel, how wretched, and how unpardonable, how hopeless and how wicked it was, to marry without affection.

When the meeting with which she was threatened for the morrow was past, she could not but flatter herself that the subject would be finally concluded, and Mr. Crawford once gone from

Mansfield, that every thing would soon be as if no such subject had existed. She would not, could not believe, that Mr. Crawford's affection for her could distress him long; his mind was not of that sort. London would soon bring its cure. In London he would soon learn to wonder at his infatuation, and be thankful for the right reason in her, which had saved him from its evil consequences.

Example 6

Harriet Beecher Stowe: from *Uncle Tom's Cabin*

Over such a road as this our senator went stumbling along, making moral reflections as continuously as under the circumstances could be expected, – the carriage proceeding along much as follows, – bump! bump! bump! slush! down in the mud! – the senator, woman, and child, reversing their positions so suddenly as to come, without any very accurate adjustment, against the windows of the down-hill side. Carriage sticks fast, while Cudjoe on the outside is heard making a great muster among the horses. After various ineffectual pullings and twitchings, just as the senator is losing all patience, the carriage suddenly rights itself with a bounce, – two front wheels go down into another abyss, and senator, woman, and child, all tumble promiscuously on to the front seat, – senator's hat is jammed over his eyes and nose quite unceremoniously, and he considers himself fairly extinguished; – child cries, and Cudjoe on the outside delivers animated addresses to the horses, who are kicking, and floundering, and straining under repeated cracks of the whip. Carriage springs up, with another bounce, – down go the hind wheels, – senator, woman, and child, fly over on to the back seat, his elbows encountering her bonnet, and both her feet being jammed into his hat, which flies off in the concussion. After a few moments the "slough" is passed, and the horses stop, panting; – the senator finds his hat, the woman straightens her bonnet and hushes her child, and they brace themselves for what is yet to come.

Example 7

Mark Twain: from *The Adventures of Huckleberry Finn*

... then we set down on the sandy bottom where the water was about knee deep, and watched the daylight come. Not a sound anywheres – perfectly still – just like the whole world was asleep, only sometimes the bull-frogs a-cluttering, maybe. The first thing to see, looking away over the water, was a kind of dull line – that was the woods on t' other side – you couldn' t make nothing else out; then a pale place in the sky; then more paleness, spreading around; then the river softened up, away off, and warn' t black any more, but gray; you could see little dark spots drifting along, ever so far away – trading scows, and such things; and long black streaks – rafts; sometimes you could hear a sweep screaking; or jumbled-up voices, it was so still, and sounds come so far; and by-and-by you could see a streak on the water which you know by the look of the streak that there' s a snag there in a swift current which breaks on it and makes that streak look that way; and you see the mist curl up off of the water, and the east reddens up, and the river, and you make out a log cabin in the edge of the woods, away on the bank on t' other side of the river, being a woodyard, likely, and piled by them cheats so you can throw a dog through it anywheres; then the nice breeze springs up, and comes fanning you from over there, so cool and fresh, and sweet to smell, on account of the woods and the flowers; but sometimes not that way, because they' ve left dead fish laying around, gars, and such, and they do get pretty rank; and next you' ve got the full day, and everything smiling in the sun, and the songbirds just going it!

Example 8

Virginia Woolf: from "Time Passes" in *To the Lighthouse*

Then indeed peace had come. Messages of peace breathed from the sea to the shore. Never to break its sleep any more, to lull it rather more deeply to rest, and whatever the dreamers dreamt holily, dreamt wisely, to confirm – what else was it murmuring –as Lily Briscoe laid her head on the pillow in the clean still room and heard the sea. Through the open window the voice of the beauty of the world came murmuring, too softly to hear exactly what it said – but what mattered if the meaning were plain? entreating the sleepers (the house was full again; Mrs. Beckwith was staying there, also Mr. Carmichael), if they would not actually come down to the beach itself at least to lift the blind and look out. They would see then night flowing down in purple; his head crowned; his sceptre jewelled; and how in his eyes a child might look. And if they still faltered (Lily was tired out with travelling and slept almost at once; but Mr. Carmichael read a book by candlelight), if they still said no, that it was vapour, this splendour of his, and the dew had more power than he, and they preferred sleeping; gently then without complaint, or argument, the voice would sing its song. Gently the waves would break (Lily heard them in her sleep); tenderly the light fell (it seemed to come through her eyelids). And it all looked, Mr. Carmichael thought, shutting his book, falling asleep, much as it used to look.

Indeed, the voice might resume, as the curtains of dark wrapped themselves over the house, over Mrs. Beckwith, Mr. Carmichael, and Lily Briscoe so that they lay with several folds of blackness on their eyes, why not accept this, be content with this, acquiesce and resign? The sigh of all the seas breaking in measure round the isles soothed them; the night wrapped them; nothing broke their sleep, until, the birds beginning and the dawn weaving their thin voices in to its whiteness, a cart grinding, a dog somewhere barking, the sun lifted the curtains, broke the veil on their eyes, and Lily Briscoe stirring in her sleep. She clutched at her blankets as a faller clutches at the turf on the edge of a cliff. Her eyes opened wide. Here she was again, she thought, sitting bolt upright in bed. Awake.

Example 9

"The Thunder Badger," from W. L. Marsden, *Northern Paiute Language of Oregon*, a word-by-word translation, slightly adapted by U.K.L.

He, the Thunder, when he is angry that the earth has dried up, that he has no moist earth, when he wants to make the earth moist, because the water has dried up:

He, the Thunder, the Rain Chief, lives on the surface of the clouds. He has frost; he, the Thunder Sorcerer, appears like a badger; the Rain Sorcerer, he, the Thunder. After he digs, he lifts up his head to the sky, then the clouds come; then the rain comes; then there is cursing of earth; the thunder comes; the lightning comes; evil is spoken.

He, the real badger, only he, white stripes on his nose, here on his back. He it is, only the badger, this kind. He, the Thunder Sorcerer, that does not like dried-up earth when he is digging, when he is scratching this way. Then raising his head to the sky, he makes the rain; then the clouds come.

Example 10

Charles Dickens: from *Little Dorrit*

Thirty years ago Marseilles lay burning in the sun one day. [...] Everything in Marseilles, and about Marseilles, had stared at the fervid sky, and been stared at in return, until a staring habit had become universal there. Strangers were stared out of countenance by staring white houses, staring white walls, staring tracts of arid road, staring hills from which verdure was burnt away. The only things to be seen not fixedly staring and glaring were the vines drooping under their load of grapes. [...] The universal stare made the eyes ache. Towards the distant line of Italian coast, indeed, it was a little relieved by light clouds of mist, slowly rising from the evaporation of the sea, but it softened nowhere else. Far away the staring roads, deep in dust, stared from the hillside, stared from the hollow, stared from the interminable plain. Far away the dusty vines overhanging wayside cottages, and the monotonous wayside avenues of parched trees without shade, drooped beneath the stare of earth and sky.

Example 11

Harriet Beecher Stowe: from *Uncle Tom's Cabin*

The frosty ground creaked beneath her feet, and she trembled at the sound; every quaking leaf and fluttering shadow sent the blood backward to her heart, and quickened her footsteps. She wondered within herself at the strength that seemed to be come upon her; for she felt the weight of her boy as if it had been a feather, and every flutter of fear seemed to increase the supernatural power that bore her on, while from her pale lips burst forth, in frequent ejaculations, the prayer to a Friend above – "Lord, help! Lord, save me!"

If it were your Harry, mother, or your Willie, that were going to be torn from you by a brutal trader, tomorrow morning, – if you had seen the man, and heard that the papers were signed and delivered, and you had only from twelve o' clock till morning to make good your escape, – how fast could you walk? How many miles could you make in those few brief hours, with the darling at your bosom, – the little sleepy head on your shoulder, – the small, soft arms trustingly holding on to your neck?

Example 12

Charles Dickens: from *Bleak House*

Chapter I: In Chancery

LONDON. Michaelmas Term lately over, and the Lord Chancellor sitting in Lincoln' s Inn Hall. Implacable November weather. As much mud in the streets, as if the waters had but newly retired from the face of the earth, and it would not be wonderful to meet a Megalosaurus, forty feet long or so, waddling like an elephantine lizard up Holborn Hill. Smoke lowering down from chimney-pots, making a soft black drizzle, with flakes of soot in it as big as full-grown snowflakes – gone into mourning, one might imagine, for the death of the sun. Dogs, undistinguishable in mire. Horses scarcely better; splashed to their very blinkers. Foot passengers, jostling one another' s umbrellas, in a general infection of ill-temper, and losing their foothold at street-corners, where tens of thousands of other foot passengers have been slipping and sliding since the day broke (if this day ever broke), adding new deposits to the crust upon crust of mud, sticking at those points tenaciously to the pavement, and accumulating at compound interest.

Fog everywhere. Fog up the river, where it flows among green aits and meadows; fog down the river, where it rolls defiled among the tiers of shipping, and the water-side pollutions of a great (and dirty) city.

Fog on the Essex marshes; fog on the Kentish heights. Fog

creeping into the cabooses of collier-brigs; fog lying out on the yards, and hovering in the rigging of great ships; fog drooping on the gunwales of barges and small boats. Fog in the eyes and throats of ancient Greenwich pensioners, wheezing by the firesides of their wards; fog in the stem and bowl of the afternoon pipe of the wrathful skipper, down in his close cabin; fog cruelly pinching the toes and fingers of his shivering little'prentice boy on deck. Chance people on the bridges peeping over the parapets into a nether sky of fog, with fog all round them, as if they were up in a balloon, and hanging in the misty clouds.

Gas looming through the fog in divers places in the streets, much as the sun may, from the spongy fields, be seen to loom by husbandman and ploughboy. Most of the shops lighted two hours before their time – as the gas seems to know, for it has a haggard and unwilling look.

The raw afternoon is rawest, and the dense fog is densest, and the muddy streets are muddiest, near that leaden-headed old obstruction, appropriate ornament for the threshold of a leaden-headed old corporation: Temple Bar. And hard by Temple Bar, in Lincoln's Inn Hall, at the very heart of the fog, sits the Lord High Chancellor in his High Court of Chancery.

Chapter II: In Fashion

My Lady Dedlock has returned to her house in town for a few days previous to her departure for Paris, where her ladyship intends to stay some weeks; after which her movements are uncertain. The fashionable intelligence says so, for the comfort of the Parisians, and it knows all fashionable things. To know things otherwise, were to be unfashionable. My Lady Dedlock has been down at what she calls, in familiar conversation, her "place" in Lincolnshire. The waters are out in Lincolnshire. An arch of the bridge in the park has been sapped and sopped away. The adjacent low-lying ground, for half a mile in breadth, is a stagnant river, with melancholy trees for islands in it, and a surface punctured all over, all day long, with falling rain. My Lady Dedlock's "place" has been extremely dreary. The weather, for many a day and night, has been so wet that the trees seem wet through, and the soft loppings and prunings of the woodman's axe can make no crash or crackle as they fall. The deer, looking soaked, leave quagmires, where they pass.

The shot of a rifle loses its sharpness in the moist air, and its smoke moves in a tardy little cloud towards the green rise, coppice-topped, that makes a background for the falling rain. The view from my Lady Dedlock's own windows is alternately a lead-colored view, and a view in Indian ink. The vases on the stone terrace in the foreground catch the rain all day; and the heavy drops fall, drip, drip, drip, upon the broad flagged pavement, called, from old time, the Ghost's Walk, all night. On Sundays, the little church in the park is mouldy; the oaken pulpit breaks out into a cold sweat; and there is a general smell and taste as of the ancient Dedlocks in their graves. My Lady Dedlock (who is childless), looking out in the early twilight from her boudoir at a keeper's lodge, and seeing the light of a fire upon the latticed panes, and smoke rising from the chimney, and a child, chased by a woman, running out into the rain to meet the shining figure of a wrapped-up man coming through the gate, has been put quite out of temper. My Lady Dedlock says she has been "bored to death."

Therefore my Lady Dedlock has come away from the place in Lincolnshire, and has left it to the rain, and the crows, and the rabbits, and the deer, and the partridges and pheasants. The pictures of the Dedlocks past and gone have seemed to vanish into the damp walls in mere lowness of spirits, as the housekeeper has passed along the old rooms, shutting up the shutters. And when they will next come forth again, the fashionable intelligence – which, like the fiend, is omniscient of the past and present, but not the future – cannot yet undertake to say.

Sir Leicester Dedlock is only a baronet, but there is no mightier baronet than he. His family is as old as the hills, and infinitely more respectable. He has a general opinion that the world might get on without hills, but would be done up without Dedlocks. He would on the whole admit Nature to be a good idea (a little low, perhaps, when not enclosed with a park-fence), but an idea dependent for its execution on your great county families. He is a gentleman of strict conscience, disdainful of all littleness and meanness, and ready, on the shortest notice, to die any death you may please to mention rather than give occasion for the least impeachment of his integrity. He is an honorable, obstinate, truthful, high-spirited, intensely prejudiced, perfectly unreasonable man.

Chapter III: A Progress

I have a great deal of difficulty in beginning to write my portion of these pages, for I know I am not clever. I always knew that. I can remember, when I was a very little girl indeed, I used to say to my doll, when we were alone together, "Now Dolly, I am not clever, you know very well, and you must be patient with me, like a dear!" And so she used to sit propped up in a great arm-chair, with her beautiful complexion and rosy lips, staring at me – or not so much at me, I think, as at nothing – while I busily stitched away, and told her every oneof my secrets.

My dear old doll! I was such a shy little thing that I seldom dared to open my lips, and never dared to open my heart, to anybody else. It almost makes me cry to think what a relief it used to be to me, when I came home from school of a day, to run upstairs to my room, and say, "O you dear faithful Dolly, I knew you would be expecting me!" and then to sit down onthe floor, leaning on the elbow of her great chair, and tell her all I had noticed since we parted. I had always rather a noticing way – not a quick way, O no! – a silent way of noticing what passed before me, and thinking I should like to understand it better. I have not by any means a quick understanding. When I love a person very tenderly indeed, it seems to brighten.

But even that may be my vanity.

I was brought up, from my earliest remembrance –like some of the princesses in the fairy stories, only I was not charming– by my godmother. At least I only knew her as such. She was a good, good woman! She went to church three times every Sunday, and to morning prayers on Wednesdays and Fridays, and to lectures whenever there were lectures; and never missed. She was handsome; and if she had ever smiled, would have been (I used to think) like an angel – but she never smiled. She was always grave and strict. She was so very good herself, I thought, that the badness of other people made her frown all her life. I felt so different from her, even making every allowance for the differences between a child and a woman; I felt so poor, so trifling, and so far off; that I never could be unrestrained with her – no, could never even love her as I wished. It made me very sorry to consider how good she was, and how unworthy of her I was; and I used ardently to hope that I might have a better heart; and I talked it over very often with the dear old doll; but I never loved my godmother as I ought to have loved her, and as I felt I must have loved her if I had been a better girl.

Example 13

J.R.R. Tolkien: from *The Lord of the Rings*

"I am so sleepy, he said, "that soon I shall fall down on the road. Are you going to sleep on your legs? It is nearly midnight."

"I thought you liked walking in the dark," said Frodo. "But there is no great hurry. Merry expects us some time the day after tomorrow; but that leaves us nearly two days more. We'll halt at the first likely spot."

"The wind's in the West," said Sam. "If we get to the other side of this hill, we shall find a spot that is sheltered and snug enough, sir. There is a dry fir-wood just ahead, if I remember rightly." Sam knew the land well within twenty miles of Hobbiton, but that was the limit of his geography.

Just over the top of the hill they came on the patch of firwood. Leaving the road they went into the deep resin-scented darkness of the trees, and gathered dead sticks and cones to make a fire. Soon they had a merry crackle of flame at the foot of a large fir-tree and they sat round it for a while, until they began to nod. Then, each in an angle of the great tree's roots, they curled up in their cloaks and blankets, and were soon fast asleep. They set no watch; even Frodo feared no danger yet, for they were still in the heart of the Shire. A few creatures came and looked at them when the fire had died away. A fox passing through the wood on business of his own stopped several minutes and sniffed.

"Hobbits!" he thought. "Well, what next? I have heard of strange doings in this land, but I have seldom heard of a hobbit sleeping out of doors under a tree. Three of them! There's something mighty queer behind this." He was quite right, but he never found out any more about it.

Example 14

Virginia Woolf: from To the Lighthouse

What brought her to say that: "We are in the hands of the Lord?" she wondered. The insincerity slipping in among the truths roused her, annoyed her. She returned to her knitting again. How could any Lord have made this world? she asked. With her mind she had always seized the fact that there is no reason, order, justice: but suffering, death, the poor. There was no treachery too base for the world to commit; she knew that. No happiness lasted; she knew that. She knitted with firm composure, slightly pursing her lips and, without being aware of it, so stiffened and composed the lines of her face in a habit of sternness that when her husband passed, though he was chuckling at the thought that Hume, the philosopher, grown enormously fat, had stuck in a bog, he could not help noting, as he passed, the sternness at the heart of her beauty. It saddened him, and her remoteness pained him, and he felt, as he passed, that he could not protect her, and, when he reached the hedge, he was sad. He could do nothing to help her. He must stand by and watch her. Indeed, the infernal truth was, he made things worse for her. He was irritable — he was touchy. He had lost his temper over the Lighthouse. He looked into the hedge, into its intricacy, its darkness.

Always, Mrs. Ramsay felt, one helped oneself out of solitude reluctantly by laying hold of some little odd or end, some sound, some sight. She listened, but it was all very still; cricket was over; the children were in their baths; there was only the sound of the sea. She stopped knitting; she held the long reddish-brown stocking dangling in her hands a moment. She saw the light again. With some irony in her interrogation, for when one woke at all, one's relations changed, she looked at the steady light, the pitiless, the remorseless, which was so much her, yet so little her, which had her at its beck and call (she woke in the night and saw it bent across their bed, stroking the floor), but for all that she thought, watching it with fascination, hypnotised, as if it were stroking with its silver fingers some sealed vessel in her brain whose bursting would flood her with delight, she had known happiness, exquisite happiness, intense happiness, and it silvered the rough waves a little more brightly, as daylight faded, and the blue went out of the sea and it rolled in waves of pure lemon which curved and swelled and broke upon the beach and the ecstasy burst in her eyes and waves of pure delight raced over the floor of her mind and she felt, It is enough! It is enough!

He turned and saw her. Ah! She was lovely, lovelier now than ever he thought. But he could not speak to her. He could not interrupt her. He wanted urgently to speak to her now that James was gone and she was alone at last. But he resolved, no; he would not interrupt her. She was aloof from him now in her beauty, in her sadness. He would let her be, and he passed her without a word, though it hurt him that she should look so distant, and he could not reach her, he could do nothing to help her. And again he would have passed her without a word had she not, at that very moment, given him of her own free will what she knew he would never ask, and called to him and taken the green shawl off the picture frame, and gone to him. For he wished, she knew, to protect her.

Example 15

Virginia Woolf: from *Jacob's Room*

The feathery white moon never let the sky grow dark; all night the chestnut blossoms were white in the green; dim was the cow-parsley in the meadows.

The waiters at Trinity must have been shuffling china plates like cards, from the clatter that could be heard in the Great Court. Jacob's rooms, however, were in Neville's Court; at the top; so that reaching his door one went in a little out of breath; but he wasn't there. Dining in Hall, presumably. It will be quite dark in Neville's Court long before midnight, only the pillars opposite will always be white, and the fountains. A curious effect the gate has, like lace upon pale green. Even in the window you hear the plates; a hum of talk, too, from the diners; the Hall lit up, and the swing-doors opening and shutting with a soft thud. Some are late.

Jacob's room had a round table and two low chairs.

There were yellow flags in a jar on the mantelpiece; a photograph of his mother; cards from societies with little raised crescents, coats of arms, and initials; notes and pipes; on the table lay paper ruled with a red margin – an essay, no doubt – "Does History consist of the Biographies of Great Men?" There were books enough; very few French books; but then any one who's worth anything reads just what he likes, as the mood takes him, with extravagant enthusiasm. Lives of the Duke of Wellington, for example; Spinoza; the works of Dickens; the *Faery Queen*; a Greek dictionary with the petals of poppies pressed to silk between the pages; all the Elizabethans. His slippers were incredibly shabby, like boats burnt to the water's rim. Then there were photographs from the Greeks, and a mezzotint from Sir Joshua – all very English. The works of Jane Austen, too, in deference, perhaps, to some one else's standard. Carlyle was a prize.

There were books upon the Italian painters of the Renaissance, a *Manual of the Diseases of the Horse*, and all the usual textbooks. Listless is the air in an empty room, just swelling the curtain; the flowers in the jar shift. One fibre in the wicker arm-chair creaks, though no one sits there.

Example 16

Thomas Hardy: from *The Return of the Native*

A Saturday afternoon in November was approaching the time of twilight, and the vast tract of unenclosed wild known as Egdon Heath embrowned itself moment by moment. Overhead the hollow stretch of whitish cloud shutting out the sky was as a tent which had the whole heath for its floor.

The heaven being spread with this pallid screen and the earth with the darkest vegetation, their meeting-line at the horizon was clearly marked. In such contrast the heath wore the appearance of an instalment of night which had taken up its place before its astronomical hour was come: darkness had to a great extent arrived hereon, while day stood distinct in the sky. Looking upwards, a furze-cutter would have been inclined to continue work; looking down, he would have decided to finish his faggot and go home. The distant rims of the world and of the firmament seemed to be a division in time no less than a division in matter. The face of the heath by its mere complexion added half an hour to evening; it could in like manner retard the dawn, sadden noon, anticipate the frowning of storms scarcely generated, and intensify the opacity of a moonless midnight to a cause of shaking and dread.

In fact, precisely at this transitional point of its nightly roll into darkness the great and particular glory of the Egdon waste began, and nobody could be said to understand the heath who had not been there at such a time. It could best be felt when it could not clearly be seen, its complete effect and explanation lying in this and the succeeding hours before the next dawn: then, and only then, did it tell its true tale. The spot was, indeed, a near relation of night, and when night showed itself an apparent tendency to gravitate together could be perceived in its shades and the scene. The sombre stretch of rounds and hollows seemed to rise and meet the evening gloom in pure sympathy, the heath exhaling darkness as rapidly as the heavens precipitated it. And so the obscurity in the air and the obscurity in the land closed together in a black fraternization towards which each advanced half-way.

The place became full of a watchful intentness now; for when other things sank brooding to sleep the heath appeared slowly to awake and listen. Every night its titanic form seemed to await something; but it had waited thus, unmoved, during so many centuries, through the crises of so many things, that it could only be imagined to await one last crisis – the final overthrow.

Example 17

Charlotte Brontë: from *Jane Eyre*

When we left the dining-room, she proposed to show me over the rest of the house; and I followed her upstairs and downstairs, admiring as I went; for all was well arranged and handsome. The large front chambers I thought especially grand: and some of the third-storey rooms, though dark and low, were interesting from their air of antiquity. The furniture once appropriated to the lower apartments had from time to time been removed here, as fashions changed: and the imperfect light entering by their narrow casement showed bedsteads of a hundred years old; chests in oak or walnut, looking, with their strange carvings of palm branches and cherubs' heads, like types of the Hebrew ark; rows of venerable chairs, highbacked and narrow; stools still more antiquated, on whose cushioned tops were yet apparent traces of half-effaced embroideries, wrought by fingers that for two generations had been coffin-dust. All these relics gave to the third storey of Thornfield Hall the aspect of a home of the past: a shrine of memory. I liked the hush, the gloom, the quaintness of these retreats in the day; but I by no means coveted a night's repose on one of those wide and heavy beds: shut in, some of them, with doors of oak; shaded, others, with wrought old English hangings crusted with thick work, portraying effigies of strange flowers, and stranger birds, and strangest human beings, – all which would have looked strange, indeed, by the pallid gleam of moonlight.

"Do the servants sleep in these rooms?" I asked.

"No; they occupy a range of smaller apartments to the back; no one ever sleeps here: one would almost say that, if there were a ghost at Thornfield Hall, this would be its haunt."

"So I think: you have no ghost, then?"

"None that I ever heard of," returned Mrs. Fairfax, smiling.

"Nor any traditions of one? no legends or ghost stories?"

"I believe not. And yet it is said the Rochesters have been rather a violent than a quiet race in their time: perhaps, though, that is the reason they rest tranquilly in their graves now."

"Yes – 'after life's fitful fever they sleep well,'" I muttered.

"Where are you going now, Mrs. Fairfax?" for she was moving away.

"On to the leads; will you come and see the view from thence?" I followed still, up a very narrow staircase to the attics, and thence by a ladder and through a trap-door to the roof of the hall. I was now on a level with the crow colony, and could see into their nests. Leaning over the battlements and looking far down, I surveyed the grounds laid out like a map: the bright and velvet lawn closely girdling the grey base of the mansion; the field, wide as a park, dotted with its ancient timber; the wood, dun and sere, divided by a path visibly overgrown, greener with moss than the trees were with foliage; the church at the gates, the road, the tranquil hills, all reposing in the autumn day's sun; the horizon bounded by a propitious sky, azure, marbled with pearly white. No feature in the scene was extraordinary, but all was pleasing. When I turned from it and repassed the trap-door, I could scarcely see my way down the ladder; the attic seemed black as a vault compared with that arch of blue air to which I had been looking up, and to that sunlit scene of grove, pasture, and green hill, of which the hall was the centre, and over which I had been gazing with delight.

Mrs. Fairfax stayed behind a moment to fasten the trapdoor; I, by dint of groping, found the outlet from the attic, and proceeded to descend the narrow garret staircase. I lingered in the long passage to which this led, separating the front and back rooms of the third storey: narrow, low, and dim, with only one little window at the far end, and looking, with its two rows of small black doors all shut, like a corridor in some Bluebeard's castle.

While I paced softly on, the last sound I expected to hear in so still a region, a laugh, struck my ear. It was a curious laugh; distinct, formal, mirthless. I stopped: the sound ceased, only for an instant; it began again, louder: for at first, though distinct, it was very low. It passed off in a clamorous peal that seemed to wake an echo in every lonely chamber; though it originated but in one, and I could have pointed out the door whence the accents issued.

Example 18

Virginia Woolf: from *Jacob's Room*

"How could I think of marriage!" she said to herself bitterly, as she fastened the gate with a piece of wire. She had always disliked red hair in men, she thought, thinking of Mr. Floyd's appearance, that night when the boys had gone to bed. And pushing her work-box away, she drew the blotting-paper towards her, and read Mr. Floyd's letter again, and her breast went up and down when she came to the word "love," but not so fast this time, for she saw Johnny chasing the geese, and knew that it was impossible for her to marry any one – let alone Mr. Floyd, who was so much younger than she was, but what a nice man – and such a scholar too.

"Dear Mr. Floyd," she wrote. – "Did I forget about the cheese?" she wondered, laying down her pen. No, she had told Rebecca that the cheese was in the hall.

"I am much surprised ..." she wrote.

But the letter which Mr. Floyd found on the table when he got up early next morning did not begin "I am much surprised," and it was such a motherly, respectful, inconsequent, regretful letter that he kept it for many years; long after his marriage with Miss Wimbush, of Andover; long after he had left the village. For he asked for a parish in Sheffield, which was given him; and, sending for Archer, Jacob, and John to say good-bye, he told them to choose whatever they liked in his study to remember him by.

Archer chose a paper-knife, because he did not like to choose anything too good; Jacob chose the works of Byron in one volume; John, who was still too young to make a proper choice, chose Mr. Floyd's kitten, which his brothers thought an absurd choice, but Mr. Floyd upheld him when he said: "It has fur like you." Then Mr. Floyd spoke about the King's Navy (to which Archer was going); and about Rugby (to which Jacob was going); and next day he received a silver salver and went – first to Sheffield, where he met Miss Wimbush, who was on a visit to her uncle, then to Hackney – then to Maresfield House, of which he became the principal, and finally, becoming editor of a well-known series of Ecclesiastical Biographies, he retired to Hampstead with his wife and daughter, and is often to be seen feeding the ducks on Leg of Mutton Pond. As for Mrs. Flanders's letter – when he looked for it the other day he could not find it, and did not like to ask his wife whether she had put it away. Meeting Jacob in Piccadilly lately, he recognized him after three seconds. But Jacob had grown such a fine young man that Mr. Floyd did not like to stop him in the street.

"Dear me," said Mrs. Flanders, when she read in the Scarborough and Harrogate Courier that the Rev. Andrew Floyd, etc., etc., had been made Principal of Maresfield House, "that must be our Mr. Floyd."

A slight gloom fell upon the table. Jacob was helping himself to jam; the postman was talking to Rebecca in the kitchen; there was a bee humming at the yellow flower which nodded at the open window. They were all alive, that is to say, while poor Mr. Floyd was becoming Principal of Maresfield House.

Mrs. Flanders got up and went over to the fender and stroked Topaz on the neck behind the ears.

"Poor Topaz," she said (for Mr. Floyd's kitten was now a very old cat, a little mangy behind the ears, and one of these days would have to be killed).

"Poor old Topaz," said Mrs. Flanders, as he stretched himself out in the sun, and she smiled, thinking how she had had him gelded, and how she did not like red hair in men. Smiling, she went into the kitchen.

Jacob drew rather a dirty pocket-handkerchief across his face. He went upstairs to his room.

出版后记

关于小说，人人都有自己的见解。有人偏爱现实主义，有人青睐浪漫主义，有人认为故事大于一切，有人断定人物塑造才是小说的根本。但无论如何，没有人可以否定这样一个事实：小说是关于叙事的艺术。更进一步，借用批评家詹姆斯·伍德的观点："小说既是奇技淫巧，又是某种真实"。

但说到如何创作小说又是另一回事了，揭露小说中隐藏的那份真实并不容易，拆解所谓的"奇技淫巧"更是难上加难了。这让我们不断地询问，写小说究竟意味着什么呢？学习写作是可能的吗？当然，艺术的创造得靠天赋和幸运女神的垂青，这是争取不来的。但技巧却可以学习和掌握，别忘了，是技巧使艺术成为可能，正如本书作者厄休拉·勒古恩所说：唯有技巧精湛者才能获得艺术的自由。

写小说与讲故事不同——这是勒古恩在这本书中首先强调

的事。文字无法携带一个人的音调与表情，读者面对的只是字、词、句、段，无法真正听到创作者的声音。创作者与阅读者通过一套共用的密码进行交流，稍有差池就会掉入误解的黑洞——而一个作家不能责怪读者识别不出他有意释放的某个信号，只能责怪自己技艺不精。另一方面，文字具备更强的延展性和不可替代的表意功能，真正的作家用它们进行记录、表达和绝妙地创造，他们将脑中不可见的想象之物织就出来，以独特的方式建造纸上王国。在这个过程中，写作者必须信任、了解他所使用的文字、语言，还有对于写小说来说最重要的事情——叙事。

这本书是厄休拉·勒古恩主持"写作工作坊"时的讲义，也是她多年创作及阅读经验的浓缩，它聚焦于叙事文写作中最重要的问题：一个故事如何被讲述，在讲述的过程中，从文字表达的层面看，什么能起推动作用，什么会成为阻碍。语言的音乐性、句子的长短、文字间的有机作用、结构与调性、叙述者的视角与视角的切换……如同在显微镜下工作，勒古恩对叙事文写作中的元素、技巧、模式进行了精妙的提纯与强化。这里没有标准答案或者"黄金法则"，只有越来越多的问题，而或许，只有当问题浮现的时刻，才是你真正开始创作的时刻。

服务热线：133-6631-2326　　188-1142-1266
读者信箱：reader@hinabook.com

后浪出版公司
2018 年 11 月

图书在版编目（CIP）数据

写小说最重要的十件事 /（美）厄休拉·勒古恩著；杨轲译. -- 南昌：江西人民出版社，2019.1
ISBN 978-7-210-10867-2

Ⅰ.①写… Ⅱ.①厄… ②杨… Ⅲ.①小说创作
Ⅳ.①I054

中国版本图书馆CIP数据核字(2018)第240355号

STEERING THE CRAFT: A Twenty-First-Century Guide to Sailing the Sea of Story
By Ursula K. Le Guin
Copyright © 1998 by Ursula K. Le Guin
Simplified Chinese translation copyright © 2018
by Ginkgo (Beijing) Book Co., Ltd.
Published by arrangement with Curtis Brown Ltd.
through Bardon-Chinese Media Agency
ALL RIGHTS RESERVED

本书中文简体版由银杏树下（北京）图书有限责任公司出版。
版权登记号：14-2018-0291

写小说最重要的十件事

作者：［美］厄休拉·勒古恩（Ursula K. Le Guin） 译者：杨轲
责任编辑：冯雪松 特约编辑：张怡 筹划出版：银杏树下
出版统筹：吴兴元 营销推广：ONEBOOK 装帧制造：墨白空间
出版发行：江西人民出版社 印刷：北京天宇万达印刷有限公司
889 毫米 × 1194 毫米 1/32 6.75 印张 字数 118 千字
2019 年 1 月第 1 版 2019 年 1 月第 1 次印刷
ISBN 978-7-210-10867-2
定价：36.00 元
赣版权登字 -01-2018-829

后浪出版咨询(北京)有限责任公司 常年法律顾问：北京大成律师事务所 周天晖 copyright@hinabook.com
未经许可，不得以任何方式复制或抄袭本书部分或全部内容
版权所有，侵权必究
如有质量问题，请寄回印厂调换。联系电话：010-64010019